U0623881

文治
© wénzhì books

第一人称单数

[日] 村上春树 著

烨伊 译

南方出版传媒
花城出版社
中国·广州

目 录

在石枕上

01

奶油

21

查理·帕克演奏波萨诺瓦

45

和披头士一起
With the Beatles

67

《养乐多燕子队诗集》

119

狂欢节
Carnaval

147

品川猴的告白

179

第一人称单数

211

在石枕上
石のまくらに

01

我要写的，是一个女人的故事。不过，我对她的了解几乎可以说是一点也没有，就连她的名字和长相也想不起来。而且她恐怕也一样，不记得我的名字，也不记得我的长相。

和她见面的时候，我读大学二年级，还不到二十岁，她大概二十五岁。有一段时间，我们在同一个地方打工。之后偶然共度过一个夜晚，再后来就一次面也没见过了。

十九岁的我，对于自己的心思几乎全无了解，当然，对别人的心思也浑然不知。话虽如此，我自认还是懂得何为喜悦何为悲伤的，不过是对喜悦和悲伤之间的诸多状况，和它们彼此的关系之类还看得不够透彻罢了。而那件事却屡屡令我坐立难安，颇感无力。

不过，我还是想讲一讲那件关于她的事。

关于她我知道的是——她创作短歌[1]，还出版了一本歌集。说是歌集，其实不过是用类似风筝线的东西把纸张订在一起，再粘上简单的封面，做成一本极为朴素的小册子，连自费出版都很难算得上。但收在集子里的几首短歌，不可思议地在我心里留下了深刻的印象。她创作的大部分短歌都与男女之爱，以及人的死亡有关。仿佛想要昭告天下，爱与死是一对毅然拒绝分离、分割的事物。

你 / 和我 / 离得远吗？

在木星换乘 / 能否抵达？

耳朵贴上 / 石枕 / 听到的是

血液流过的 / 寂静、无声

---

[1] 日本传统诗歌形式之一。由五句组成，每句分别为五字、七字、五字、七字、七字。近代的短歌更加倾向于舍弃传统创作规范的约束，追求创作的自由。

"那个，高潮的时候，我说不定会喊其他男人的名字，你介意吗？"她问。我们赤裸着身体躺在被子里。

"倒是不介意。"我回答。虽然没有十足的把握，不过这点小事应该不成问题。反正不过是个人名。没有什么会因为一个人名而改变。

"可能会喊得很大声。"

"那可能有点麻烦。"我慌忙说。我住的那间老旧木制公寓的墙壁，就像过去常吃的威化饼干一样，又薄又脆。再加上夜色已深，若是真闹出那么大的响动，只怕会让隔壁听个一清二楚。

"那，我到时候就咬一条毛巾。"她说。

我从厕所挑了一条尽可能干净而结实的毛巾，放在枕头旁边。

"用这条可以吗？"

她像试新辔头的马一样咬了那条毛巾好几次，然后点点头，意思是这样可以。

那顶多是一次顺水推舟的结合，我并没有特别渴望她，她（应该）也没有特别渴望我。我和她在同一个地方一起工作了半个来月，但工作内容不同，所以几乎没有正经的机会交谈。那个冬天，在四谷站附近的一家平价意大利餐厅，我做着洗碗、帮厨一类的工作，她是大堂的服务员。除了她，在这家餐厅打工的都是学生。这也许就是她的举止让我感受到一丝超然的原因。

她决定十二月中旬辞职。之后有一天，餐厅打了烊，她和几个人到附近的小酒馆喝酒，我也被邀请同去。那不是一场送别会规模的酒局，不过是一起在酒馆待了一个来小时，喝了些生啤，吃了点儿简单的下酒菜，天南海北地闲聊了一阵子。那时我才知道，她到这家餐厅工作前，曾在一家小的房地产公司工作，还做过书店店员。她说自己无论在什么地方，都和上司或管理层处不好关系。"现在这家餐厅，我虽然和谁都没有矛盾，可薪水给得太少，很难长期这样生活下去。所以尽管打不起精神，还是得找个新的工作。"她说。

"那你想做什么工作呢？"有人问。

"什么都行吧。"她的手指摩挲着鼻子侧面（她的鼻翼上有两颗小痣，像星座一样排列着），"反正也不会有什么了不得的工作。"

那时候我住在阿佐谷，她住在小金井，所以我们从四谷站一起坐中央线快速列车回家。我们俩并排坐着，时间已经过了晚上十一点。那是一个吹着刺骨寒风的夜晚，不知不觉间，需要手套和围巾的季节已经悄然到来。列车接近阿佐谷，我起身要下车的时候，她仰起脸来望着我，小声说："那个，方便的话，今天能不能住你那里？"

"能。为什么？"

"因为离小金井还很远。"她说。

"我的屋子很小，而且挺乱的。"我说。

"这些我一点儿也不在乎。"她说，然后挽住了我大衣的袖子。

她来到我那间小而穷酸的公寓，我们在屋子里喝了罐装啤酒。等酒慢慢喝完，她利利索索地在我面前脱下衣服，转瞬间赤裸了身子，钻进被窝，仿佛一切是那么理所应当。我随后同样脱掉衣服，钻进被窝。灯虽然关了，但煤油炉的火光照亮了屋子。我们在被子里笨拙地温暖着彼此的身体。有一段时间，谁也没有开口说话。这突如其来的赤裸一时令我们无言以对。不过，我们真真切切地亲身感受到彼此的身体逐渐暖和、不再僵硬。那种亲密感难以言喻。

"那个，高潮的时候，我说不定会喊其他男人的名字，你介意吗？"她就是在这时向我发问的。

"你喜欢那个人吗？"准备好毛巾后，我这样问她。

"嗯，很喜欢。"她说，"特别特别喜欢。什么时候都忘不了他。但他没这么喜欢我。而且，他还有个正儿八经的恋人。"

"但是你们在交往？"

"对。他啊，想要我身体的时候，就会找我。"她说，"就像打电话点外卖一样。"

我不知该说什么好，于是不再说话。她的指尖在我背上描摹着，好像在画某个图案，或者潦草地写了些什么。

"他说：'你的脸没什么意思，但身子超棒。'"

我不觉得她的长相无趣，但要用"美女"形容则的确有些勉强。至于她到底长成什么样子，如今我一点儿也想不起来了，所以无法细致地描述。

"但他叫你，你就会去？"

"我喜欢他嘛，有什么办法。"她轻描淡写道，"无论别人怎么说我，我偶尔还是想被男人抱一抱的。"

我试着思考她的话。不过，那时的我还不是很明白，对女人来说，"偶尔想被男人抱一抱"到底是一种怎样的心情（如此说来，我好像到现在都不太理解）。

"喜欢一个人啊，就好比得了什么不在医保范围内的精神疾病。"她的语气平淡，像在读墙上写的文字。

"原来如此。"我佩服地说。

"所以呢，你也可以把我当作别人。"她说，"你有喜欢的人吧？"

"有啊。"

"这样的话，你在高潮的时候也可以喊那个人的名字。我也不会介意的。"

可我没有喊那个女人——当时我喜欢一个女人，但出于一些原因无法与之加深关系——的名字。也犹豫过是否要喊，但做着做着觉得喊出来傻乎乎的，于是一言不发地在她体内射了精。她确实想要大声呼喊一个男人的名字，我不得不匆忙将毛巾用力塞进她口中。她的牙齿十分坚固，牙科医生见了一定会感动不已。那时她口中喊的是什么名字，我也已经不记得了，只记得那不是一个亮眼的名字，反而随处可见。印象中我曾暗暗感叹：这样一个无趣的名字，对她来说竟也意义非凡。原来在某些时刻，一个名字的确能激烈地摇撼人心。

　　第二天早上我有课，必须在课上提交一份重要的报告，相当于期中考试，但自然被我弃之不顾（后来我因此没少遇到麻烦，不过这是另外的事了）。我们睡到上午才醒，烧水喝了速溶咖啡，又烤了吐司来吃。冰箱里还有几个鸡蛋，也煮着吃了。晴朗的天空中没有一丝云彩，午间的阳光十分炫目，让人懒洋洋的。

　　她嘴里嚼着涂了黄油的吐司，问我在大学读什么专业。我说在文学系。

　　"你想当小说家吗？"她问。

　　其实没有这个打算，我诚实地回答。当时的我根本就不想当什么小说家，这样的想法压根儿就没出现过（尽管班里公开立志成为小说家的家伙数不胜数）。她听到这样的回答，似乎对我失去了兴趣；虽说可能本就对我没有多少兴趣，但情绪变化着实明显。

在白天明亮的光线下，看到清清楚楚留有她牙印的毛巾，不免令我惊讶。想必是下了相当大的力气来咬的。在午间的日光下见到的她，也与周遭的一切格格不入。实在难以想象，眼前这个面色苍白、娇小而骨感的女人，竟然和窗外照进的冬夜月光下，那个在我怀中叫得魅惑而欢愉的女人是同一个人。

"我在写短歌呢。"她几乎是唐突地说。

"短歌？"

"你知道短歌吧？"

"当然。"就算知识再匮乏，我至少也知道短歌是什么，"不过，这好像是我第一次遇到真正写短歌的人。"

她开心地笑了。"不过啊，世上这一类人可有的是呢。"

"有参加什么同好会吗？"

"没，不是你想的那样。"她说着，微微耸了耸肩，"短歌一个人就能写得来呀。对吧？又不是打篮球。"

"什么样的短歌？"

"你想听？"

我点头。

"真的？不是随口附和我？"

"真的。"我说。

此话不假。我是真心想知道，几小时前还在我怀里喘息着大喊其他男人名字的女人，究竟会咏出怎样的短歌。

她犹豫片刻，说道："现在当场出声读给你听，还是太难为情了，我做不来，更何况是大早上的。不过，我出了一本类似歌集的东西，如果你真的想读，我回头送给你。能告诉我你的名字和这里的地址吗？"

我用便笺写下名字和地址递给她。她看了看，将便笺对折了两次，放进大衣口袋。那是一件浅绿色的大衣，穿得很旧，圆领的位置别着一枚铃兰花形状的银色胸针。我记得它在朝南的窗子射进来的阳光中闪闪发亮。我对花草并不熟悉，唯有铃兰花，不知为何是从前就喜欢的。

"谢谢你让我在这里过夜，昨天实在不想一个人坐到小金井去。"她离开房间前说，"有时候啊，女人是会这样的。"

那时我们十分清楚，彼此今后应该不会再见了。那天晚上，她只是不想独自坐着列车回小金井去——仅此而已。

　　一星期后，她的"歌集"寄到了。说实话，我几乎没指望过它真能寄到我手上。我坚定地以为，她与我分别，回到小金井的住处时，就已经将我忘得一干二净（或者巴不得尽快忘得一干二净）。至少将歌集装进信封，写上我的名字和地址，再贴好邮票，特意扔进邮筒——说不定还要去一趟邮局——这么麻烦的事，她是绝对不会做的。因此，某个早上，当我看到公寓的邮箱里塞着的那只信封时，着实惊讶了一番。

　　歌集的名字叫《在石枕上》，作者的名字只写了个"千穗"。无从确认那到底是她的本名还是笔名。打工的时候，她的名字我肯定听到过好几次，此时却怎么也回忆不起来。唯一确定的是，当时没人叫她"千穗"。办公用的茶色信封上没有写寄件人的地址和姓名，也没有夹带信或卡片，只有一本用类似白色风筝线的东西装订的薄薄的歌集，沉默地躺在其中。好歹是以铅字工整印出来的，而不是那种用手工刻蜡纸印的东西，纸也厚重，很上档次。恐怕是作者将印好的纸张按顺序排好，再贴上厚厚的封面，用线一本一本耐心装订成书的吧——为了节省装订成本。我试图想象她一个人默默做这种手工活的情景（但无法想得具体）。第一页上用号码机印着数字28。大概是限量的第二十八本吧，一共做了多少本呢？册子上找不到定价，可能本来就没有定价。

我没有立刻翻开这本歌集，而是将它在桌上放了一会儿，不时瞥一瞥封面。不是没兴趣，而是觉得读某个人创作的歌集之前——更何况是一个星期前曾与我肌肤相亲的人——必须做好相当的心理准备。可能算是某种礼节吧。将歌集拿到手中翻开，是那个周末的傍晚。我靠在窗边的墙上，在冬日的暮色中阅读。整本歌集收录了四十二首短歌，一页一首，数量绝不算多。前言、后记之类的东西全都没有，也没标出版日期，只是在白纸上直截了当地用黑色铅字印好一首首短歌，并留下大片的余白。

我当然不曾期待从中发现优秀的文艺作品。前面也说过，我仅仅出于一丁点个人的兴趣，好奇那个曾一面咬着毛巾，一面在我耳边喊出某个陌生男人名字的女人，到底会写出怎样的短歌。不过翻看歌集的过程中，我发现自己被其中的几首短歌吸引了。

我当时对短歌几乎一无所知（现在也差不多同样无所知）。因此无法客观地判断这些短歌作品哪些优秀，哪些不够优秀。但抛开优秀与否的标准，她创作的短歌中的几首——具体来说，大约是其中的八首——具备直抵我内心深处的某些要素。

比如有这样的歌：

当下的时刻 / 若是此时此刻 / 就只好

认定此刻 / 不求摆脱

被山风 / 刎颈 / 默默无言

绣球花根上 / 六月的水

奇怪的是，当我翻开歌集，目光追逐着用大号铅字黑漆漆地印在纸上的短歌，再读出声来时，那天晚上见过的她的身体，便在我的脑海里栩栩如生地重现了。不是第二天的晨光中见到的那个样貌平平的她，而是沐浴着月光，被我抱在怀中的活色生香的她。形状姣好的圆润乳房，小而硬的乳头，稀疏黝黑的阴毛，湿透的性器。她迎来高潮，用力咬着毛巾，闭起双眼，在我耳边一遍又一遍难耐地呼喊其他男人的名字，一个我已经想不起来的、极为普通的陌生男人的名字。

我想我们 / 不会再 / 相见了
又想我们不可能 / 不会再相见

能见面吗 / 还是就这样 / 结束了呢
被光诱惑 / 被影践踏

　　她如今是否依然继续创作短歌，我自然不得而知。前面也说过，我不知道她的名字，连她的长相都几乎想不起来。我记得的，只有印在歌集封面上的名字"千穗"，和窗口照进来的冬夜的白月光下那光滑而不设防的柔软身体，还有鼻翼上像星座一样并排的两颗小痣。

我想过，也许她已经不在人世了。因为我总不自觉地认为，她会在某个地方亲手了结自己。她创作的大多数短歌——至少收录在那本歌集中的大多数——都毫无疑问地追寻着死亡的意象。并且不知为何，都是以利器刎颈而死。那也许就是对她而言理想的死亡方式。

整个午后 / 无尽的雨 / 混杂其中的

无名之斧 / 将黄昏斩首

但我终究还是在内心的一角祈祷，愿她还活在这个世界的某个地方。有时心中闪念，希望她活下来，坚持吟咏短歌至今。这是为什么呢？为什么我要特意去想这些呢？在这个世界上，能将我和她相连的东西，分明并不存在。即使我们在某条街上擦肩而过，或者在食堂的桌旁比邻而坐，（恐怕）也根本不可能认出彼此。我们就像两条相交的直线，在某个地方短暂地相遇，随后渐行渐远。

自那以后过去了漫长的岁月。转眼之间人就老了，这实在不可思议（也许也没什么不可思议的）。我们的身体一刻不停地走向不可逆转的毁灭。合上双眼，片刻后再睁开，就会清楚有许多事物已然消逝。在午夜强风的吹拂下，一切——无论原本有没有姓名——都被吹向不知名的远方，不留一丝痕迹，留下的只有微不足道的记忆。不，记忆也是靠不住的。有谁能明确地断定，那时在我们身上到底发生了什么呢？

尽管如此，如蒙幸运眷顾，偶尔还是会有一些语句留在我们身边。它们在深夜爬上山坡，钻进量身挖掘的小洞里，屏气吞声，巧妙地送走呼啸而过的时间之风。终于，天亮了，疾风止息，活下来的语句从地面悄悄探出头来。它们大多声音低弱而怕生，只会模棱两可地表达。尽管如此，它们还是做好了成为证人的准备，公平正直的证人。但若想创造或找出这样擅于隐忍的语句，并将其留至后世，人有时不得不无条件地献出自己的身心。没错，我们不得不将自己的头颅，放在冬夜月光照耀下的冰冷石枕上。

也许这世上除了我，已没有任何人还记得她咏的短歌，更别说还能直接背出其中几首了。也许那用风筝线装订的薄薄的私家版歌集，如今已被所有人忘却，除了我这本"28号"，其余一册不落地被卷入木星和土星之间某片无光的黑暗中，消失殆尽。也许就连她本人（即便还平安无事地活着），也早将自己年轻时作的短歌之类的忘得一干二净了。我之所以直到今天还清楚记得她的短歌，恐怕仅仅是因为它们和那个晚上她留在毛巾上的牙印在我的记忆中联系到了一起。而我也不知道，一直将这些回忆留在心里，并反复从抽屉中拿出那本变色的歌集阅读，究竟有多少意义和价值。老实说，我是真的不知道。

可是无论如何，它们留了下来。其他的语句和回忆已悉数化作尘埃消散。

斩／或被斩／皆在石枕上

枕上脖颈／看吧，化为尘埃

奶油

クリーム

　　我曾对一位年轻的朋友讲起自己十八岁时经历的一件怪事。为什么会和他讲这个，我已经记不太清了。总之，聊着聊着就偶然说到了那里。不管怎么说，我的十八岁已经是太遥远的过去了，几乎称得上古代史。并且，那件事始终没有结论。

　　"那时我已经高中毕业，但还没上大学，是个复读生。"我先向他交代背景，"情绪不上不下，但处境也不是很艰难。想进一所说得过去的私立大学还是轻而易举的，这一点我心知肚明。但父母要我去考国立的学校，我想着多半不行，还是去考，果然没能考中。当时如果想进国立大学，数学是必考的科目，可我对微积分一丁点兴趣也没有。于是那一整年，我都游手好闲地消磨时间，简直像制造不在场证明似的，也没去补习学校，净顾着出入图书馆，读大部头的小说。父母多半以为我是去用功准备考试的，但这也无可奈何。与其去探究微积分计算的原理，不如通读巴尔扎克全集，毕竟后者愉快很多。"

那一年的十月初，我收到一位女孩寄来的钢琴独奏会邀请函。她比我低一个年级，我们曾跟同一位老师学过钢琴，还合作过一次莫扎特四手联弹的小品。但我十六岁就不再上钢琴课了，那以后再也没和她见过面。既然如此，为什么现在突然邀请我参加这样的活动呢？我实在不明白。难道她对我有兴趣？不可能。即便她的长相不属于我喜欢的那一类，但总归是公认长得美的类型，而且经常穿时髦的新衣裳，读的是昂贵的私立女校。无论怎么想，她都不会对我这种毫不起眼的普通男生有兴趣，也不可能倾心于我。

当年四手联弹的时候，我一出错，她就露出厌烦的表情。她的钢琴水平在我之上，我又容易紧张，两个人坐在一起弹钢琴时很容易犯错，彼此的胳膊相碰也是常有的事。

曲子的难度本就不高，我负责的还是相对简单的声部；尽管如此，我还是出错。每到此时，她脸上就闪过一丝不悦，像是在说"简直够了"，甚至伴随着咋舌——声音虽轻，但还是足够让我听见。我没多久就下定决心放弃钢琴，大概也与这咋舌声有关。

总而言之，我和她不过是偶然在同一个钢琴班学过琴的交情。在教室里碰见会打个招呼，但印象中从未亲近地聊过私人话题。所以，突然收到她的独奏会邀请函（虽说不是她的专场，而是三人合办的）令我十分意外，或者说，是百思不得其解。不过那个年纪的我别的没有，只有时间富裕得尽可以大把地挥霍。于是我回了张明信片，表示愿意参加。之所以这样做，也是想知道久未谋面的她，究竟为什么要突然邀请我去她的钢琴独奏会——倘若其中真有理由的话。说不定是后来她的钢琴技艺更加精湛，想让我见识一番。又或者想告诉我某些私事。总之，我正走上一条漫漫长路，在不断碰壁的过程中，学习如何正确对待自己的好奇心。

独奏会的会场在神户的一座山上。我在阪急电车的※※站下车，乘公交沿着蜿蜒曲折的陡坡一路上行。到山顶附近的车站下车，走了一会儿，看到一座由某个财团下属公司所有并运营的小音乐厅，独奏会将在这里举行。竟有音乐厅建在这么不方便的地方——山上一片幽静的高档住宅区里——我还是第一次听说。当然，这世上有太多我不懂的事了。

既然是受邀赴约，不带点什么过去怕是不好，于是我在车站前面的花店选了一些花，请店家包成一束，坐上正好开过来的公交车。那是一个周日午后，天阴着，让人身上发冷。厚厚的灰云覆盖天空，冰凉的雨好像随时都会掉下来。无风。我穿了一件单薄的纯色毛衣，外面罩上灰蓝混色的鱼骨纹夹克衫，斜挎着上学背的单肩包。夹克衫新得过分，背包却旧得厉害。单手拿一束玻璃纸包好的红艳艳的花。这身打扮上了公交车，周围的乘客都偷偷看我。或者说，是我总觉得有人看我。我知道自己脸红了。那个年纪，我一有点什么事，立刻就会脸红，而且这脸红迟迟不会减退。

为什么我会到这个地方来？坐在公交车上，我缩着身子，一面用手心给热辣辣的脸降温，一面自问。为了一个并没有很想见的女孩子，为了一场不怎么想听的钢琴演奏，自己竟花光零用钱买了一束花，在这个十一月的星期天，在随时可能掉下冷雨的午后，特意来到这偏远的山顶。将同意出席的明信片投进邮筒的时候，我一定是疯了。

公交车越是往山上开，乘客就越少，抵达邀请函上写的车站时，车里只剩下我和司机两个人。下了车，我按照明信片上的指引，走上一条缓而长的坡道。沿路转过一个个弯，海湾的风景时隐时现，港口架着许多座吊车。天上密布的乌云使大海染上钝重的光，像铺了一层浓密的灰铅，吊车张牙舞爪地伸向天际，有如从海底爬上岸的丑陋生物的犄角。

坡越爬越高，周围的住宅也越发宽敞、奢华。每幢房子都建在气派的石垛上，门面阔绰，还带能停两辆车的车库，杜鹃丛修剪得整整齐齐。附近隐约传来大型犬的吠叫声，只猛吠了三次，就好像被什么人严厉地下了指令似的，利索地收了声。

　　我照着邀请函上的街道号和简单的地图爬上了缓坡，但越是向前走，就越有一股说不清道不明的不祥预感在心中膨胀。似乎不太对劲——首先是路上的人未免也太少了。自打下车到现在，我就没遇见一个过路的人。倒是有两辆车从我身边驶过，但都是从山上下来的小轿车。如果这一带要举办音乐会之类的演出，怎么也能多见到几个人。可周遭一个人影也没有，一切都沉寂在深深的静默中。头顶厚重的云层似乎将万籁尽数吞噬了一般。

　　是不是我弄错了什么？

　　我从上衣口袋里抽出邀请函，再次确认时间和地点，说不定是我不小心看错了。可仔细读了好几遍，怎么检查也没有错。街道的名字是对的，公交车站的名字是对的，日期和时间也是对的。我做了个深呼吸，让自己冷静下来，再次迈步向前。事已至此，只好到那座音乐厅跟前去看看了。

　　好容易来到要找的那座建筑，只见一扇双开的大铁门牢牢地关着，一条粗壮的铁链在铁门上绕了好几圈，还拴了一把巨大的锁头。四下里荒无人烟，从门缝中可以看到里面有个还算宽敞的停车场，但没有一辆车停在那里，绿油油的杂草自铺路石之间探出头来，似乎已经很久没开放了。不过，门上挂的大牌子告诉我，这座建筑毫无疑问就是我要找的那座音乐厅。

我试着按了按门板上的门铃，谁也没出来应门。过一会儿又按了一次，还是无人回应。看看手表，独奏会只剩下将近十五分钟就要开始，可大门压根儿没有要开的意思。铁门上的油漆斑驳，锈迹行将浮现。反正也没有其他事可做，保险起见，我又一次按下门铃，这次按的时间更长，可对面还是同样的回应——深深的沉默。

我不知该如何是好，便靠在沉重的铁门上，原地站了十多分钟，还抱有一丝期待，心想说不定很快就会出现个什么人。可是谁也没出现。门里门外都没有半点动静。风不吹，鸟不叫，狗不吠，头顶照旧灰云密布。

于是我终于死心（不然还有什么办法呢？），迈开沉重的步子沿来时的路返回，走向刚刚下车的公交站台。这一切究竟是怎么回事？我一头雾水，唯一明确的是今天这里没有要办什么钢琴独奏会的迹象。眼下我只得拿着一束红花，径直回家去。母亲一定会问："这束花到底是怎么回事？"而我只好酌情敷衍。我甚至想把它塞进车站的垃圾箱，可转念一想——当然，是从我的角度来想——就这么直接扔掉也未免太糟蹋钱了。

沿着坡道向下走了一段，靠着山体的那侧有一座雅致的公园，占地面积大概一户人家大小，尽头是一面平缓的崖壁。说是公园，其实连个喝水的地方也没有，游乐设施自是不可能摆在这里，只有中间建了一座孤零零的小亭子。柱子间是斜斜铺开的格栅，爬山虎拘谨地攀附在上头。四周配植了灌木，脚下铺的是四角形的石板。不知这公园是出于什么目的建的，不过看上去有人定期打理，树木和花草丛的形态齐整，杂草拔得干干净净，周围一点儿垃圾也没有。不过，来时我只顾着往坡上走，都没留意有这么一座公园。

为了调整情绪，我走进公园，在亭中紧贴格栅的长椅上落座。起初还想再观察一下事态发展（没准儿会有许多人突然出现呢），可一坐下来，立刻发觉自己乏得厉害。疲劳来得有些异样，仿佛很早已积攒了太多，自己却没留意，过了很多天才终于发现了似的。站在亭子的入口处可将海港尽收眼底，防波堤前头停着好几艘大型集装箱船，从山上往下看，堆在码头的方形金属集装箱小得简直像是装硬币或夹子的桌面收纳盒。

不久，远处传来人声。是通过扩音器传出来的，声音不甚自然。具体的内容我听不清楚，但那个声音一句一顿，庄重而不带任何情感，像是要将什么极为重要的事情，尽可能客观地传达给他的听众。我忽然想，这也许是说给我（只说给我一人）听的私密内容。也许是什么人特意前来，告诉我错在哪里、忽略了什么。谁都知道这是不可能的，但那时我不知怎的就产生了这样的想法。我洗耳恭听，声音越来越大，渐渐能听清了。多半是一辆车顶安了扬声器的车，沿着坡道缓缓向上驶来了吧（声音中似乎没有一丝焦急）。不久我便明白过来，那是一辆基督教的传教车。

"人都有一死，"宣讲者的语气冷静而多少有些单调，"所有人终将迎来死亡。这个世上没有谁能不死，也没有谁能躲过死后的审判。每个人死后，都将根据其犯下的罪行接受严厉的裁罚。"

　　我依旧坐在长椅上，让那道声音从我耳中流过。为什么非要到这荒凉的山间居民区传教呢？我疑惑不解。住在这一带的都是有好几辆车的富裕人家，恐怕他们中的大部分人都不会希求从罪恶中得着救赎吧。不，也许并非如此？说不定收入与地位这些东西，和罪孽或救赎是不相干的。

　　"但是向耶稣基督寻求救赎，悔改所犯罪行的人，主会赦免他们的罪，令他们免除地狱的业火。因此请相信神明吧。只有信神之人，死后才能得到救赎，才能得到永生。"

　　我等着那辆基督教的传教车出现在眼前的道路上，向我更详细地讲述死后审判的细节。大概那时候的我需要有人用不容置疑的语气掷地有声地对我说话，说什么都行。但车子并未出现。扬声器的声音起初听来像是离我越来越近，但从某一刻开始又突然转小，渐渐不甚清晰，最后一点也听不到了。它一定是在某个拐弯处开往另一个方向了吧。那车始终没有露面，也不知它开去了什么地方，我觉得自己仿佛被全世界抛弃了。

此时，我恍然大悟：也许我被她耍了。这没来由的想法浮上我心头——不，或许该说是直觉吧。她出于某种缘由——具体缘由我想不到——给我提供了虚假的信息，在星期天的下午将我拎到这么一座山上。也许之前发生过什么，让她对我产生了私人的怨怼或憎恶。没准儿也没什么特殊的缘由，只是她一直看我不顺眼，终于忍无可忍，于是寄给我一封压根儿不存在的独奏会的邀请函，说不定此时此刻正看着我被耍得团团转（或者想象着我的滑稽相），在某个地方偷笑呢。

可是真有人会仅被恶意驱使，就不惜费这么大周折给人难堪吗？单是印刷明信片，肯定就要花不少工夫。真有人会刁难人到这个地步吗？我完全不记得自己做过什么招她恨的事。但有些时候，人确实可能在自己意想不到的情况下，践踏别人的情绪、伤害对方的自尊，或是令对方不舒服。我搜索记忆的每一个角落，寻找那些可能存在的、不至于完全无法想象的憎恨，或者那些可能存在的、说不定真的发生过的误会，但每一种可能性都说服不了自己。我的意识在情绪的迷宫中一无所获地穿梭往复，渐渐跟丢了路标。回过神来，已经无法顺畅地呼吸了。

那会儿，我每年都会出现一两次这样的症状，大概是压力导致的过度呼吸之类的毛病吧。某些事情的发生让我心慌意乱，最后气管像被堵住似的，想把空气吸入肺中，却很难顺利地完成。身体陷入恐慌，如同溺水时行将被激流吞噬一般，无法听从大脑的指挥行动。我只能立刻蹲下来，闭上眼，强忍痛苦，等待身体找回正常的节奏。随着成长，这样的情况已经不再发生了（说起来，忘了从什么时候开始，也不爱脸红了），不过十几岁的时候，我身上似乎有不少这样那样的毛病。

我在亭子的长椅上紧闭双眼，蜷着身子，等待从动弹不得的状态中解放。大概过了五分钟，也可能是十五分钟，具体的时间不太清楚。在这段时间里，我守望着黑暗中浮现又消失的奇妙图形，慢慢地一面数数，一面努力调整呼吸。心脏在肋骨的囚笼里杂乱无章地跳动，好像胆小的老鼠来回奔跑，发出窸窸窣窣的声响。

意识倏然回笼时（由于全副精力集中在数数上，我用了一段时间才有所警觉），我感觉身前有人的气息——好像有什么人正定定地看着自己。我慎重地慢慢睁开眼，稍微抬了抬头，心跳依旧紊乱。

不知不觉间，亭子对侧的长椅上坐了一位老人，正直愣愣地看着我。对一个十来岁的少年来说，猜中老人的年龄不是一件容易的事。老人就是老人罢了。六十岁和七十岁，究竟有什么区别呢？他们和我们不同，已经不再年轻——仅此而已。老人身形消瘦，穿一件青灰色的羊毛开衫，褐色的灯芯绒裤子底下是一双深蓝色运动鞋。每件衣服都好像从崭新的时候起经历过不少岁月的洗礼，但看上去并不寒酸。他的白发似乎又粗又硬，耳朵上方的几簇头发像小鸟洗澡时的羽毛般翻起，没戴眼镜。不知他是什么时候出现在这里的，但我有种感觉，他看上去已经观察我有一阵子了。

我以为他会问我"没事吧？"之类的问题，因为我看上去一定很痛苦（刚才也的确痛苦）。这是我看见这位老人后，脑海中最先浮现的想象。可正相反，他什么也没说，什么也没问，只是双手紧紧攥着一把卷得整整齐齐的黑色长柄伞，好像攥着一根拐杖。那把伞看上去很结实，浅黄色的木质伞柄，仿佛遇到紧急情况时能充作武器。他大概住在这附近，因为除了伞，他手里什么也没拿。

我依旧坐在原地调整呼吸，老人则沉默地旁观着这一切。他的目光仍然放在我身上，一刻也不曾动摇。我在这里本来就待得不舒服（简直像未经允许就闯入了别人家的院子），可能的话，我想尽快从这张长椅上站起来，走去公交车站。可不知道为什么，我当时无法稳当地起身。就这样过了一段时间，老人突然开口道："有好几个圆心的圆。"

我愣愣地抬起脸，和他四目相对。他的额头宽得过分，鼻子很尖，像鸟嘴一样，尖得锋利。我一时间无话可说，于是老人又平静地将同样的话重复了一遍："有好几个圆心的圆。"

他到底想说什么，我自然是不知道的。我忽然猜测，这个男人该不会是刚才开基督教传教车的吧？难道是把车停在一边，到这里喘口气？不，不可能。两个声音有很大区别，扬声器里的男声更年轻些。但那也没准儿是放的磁带。

"您是说圆吗？"我只好出声询问。对方是我的长辈，不可能对人家不理不睬、一味沉默下去。

"我是说，有好几个圆心，不，有时是有无数个圆心，而且没有圆周的圆。"老人皱紧了眉头，"你能想象这样的圆吗？"

我的大脑还不能流畅地思考，但礼貌起见，还是试着转动脑筋。有好几个圆心，而且没有圆周的圆。但我无法在脑海中描绘出这样的图案。

"我不明白。"我说。

老人不发一语，直勾勾地看我，似乎等我返回一个更像样的意见。

"以前在数学课上，应该没学过这样的圆。"我苍白地补充道。

老人慢慢摇头："哦，那当然了，这还用说。学校里是不会教这种东西的。真正重要的东西啊，学校里肯定是不会教的，这道理你也明白。"

我也明白？这老人怎么会知道呢？

"这样的圆，现实中真的有吗？"我问。

"当然有。"老人说着，不住点头，"这样的圆分明存在，但不是每个人都能看见。"

"您能看见吗？"

老人没有回答。我的问题在空中笨拙地飘了一会儿，渐渐晕开，随后消散。

老人开口了："听好了，你要凭自己的力量去想象，要竭尽智慧，努力让它浮现在你眼前。有好几个圆心，而且没有圆周的圆。只有不惜血汗地付出辛劳，才能渐渐看清那究竟是什么。"

"听起来很难啊。"我说。

"当然了。"老人说话的样子像是要吐掉什么硬物，"在这个世界上，但凡有点价值的东西，没有哪个是轻轻松松就能得到的吧？"他像给文章换行似的，简洁地咳了一声，继续往下说："不过嘛，当你花费了时间和努力，完成了那件难办的事，它自然会成为人生的奶油啊！"

"奶油？"

"法语里的'crème de la crème'，你知道吗？"

我回答不知道。法语什么的，我一窍不通。

"Crème de la crème，意思是最棒的东西，人生最重要的精髓，也就是'奶油中的奶油'。懂吗？除了这奶油，大家干的都是些无可救药的无聊事儿。"

那时的我，搞不清楚这老人究竟在说什么。Crème de la crème？

"喏，想一想，"老人说，"再闭上眼睛，仔细想一想喽。有无数个圆心，而且没有圆周的圆。你的大脑啊，是用来思考难题的，是为了想方设法，把不明白的事想明白而存在的。可不能软趴趴地偷懒哟！现在正是关键的时候，是你的大脑和心灵成型、定性的时候！"

我再次闭上眼，努力在心里描摹那个圆。没道理软趴趴地偷懒，必须思考那个有无数个圆心，而且没有圆周的圆。但那时的我绞尽脑汁也根本无法理解他的意思。据我所知，圆只有一个圆心，是能用圆规轻松画出来的简单图形，无数到圆心距离相等的点相连，形成了它的圆周。老人所说的圆，本来就丝毫不合乎圆的定义呀。

可我并不认为老人的脑子有什么问题。看样子他也不是在取笑我。他出现在这里，是想向我传递某种重要的信息。个中缘由我不清楚，却能明白这一点，因此更加拼命地思考。但无论思考多久，脑子都只在同一个地方骨碌碌地打转。有许多（或者是无数）圆心的圆，怎么会只是一个圆呢？这是高端的哲学比喻吗？我放弃思考，张开眼睛。看来还需要更多线索。

但老人已经不在那里了。我茫然四顾，看不到任何类似人影的东西，就好像根本不曾存在那样一个人似的。难道刚才那些都是幻象吗？不，那当然不可能。他毫无疑问曾在我眼前，紧攥着雨伞，用安静的声音和我讲话，将一个不可思议的问题留在这里。

回过神来，我已经恢复了平时安稳的呼吸。激流已经无影无踪。之前覆盖在海港上空的灰色云层开始一截截断裂，云朵微微张开的缝隙里射下一道光束，像是瞄准了似的，分毫不差地照亮了灰色房子的铝合金屋顶，有如神迹。我长时间地、不知疲倦地盯着那让人印象深刻的光景。

身旁那一小捧用玻璃纸包好的红花，仿佛是今天发生在我身上这一连串怪事的小小证据。我犹豫了一阵子，最终决定将它留在亭子的长椅上。我想这大概是最正确的选择。我站起身，朝刚才下车的公交车站走去。好像起了一阵微风，看来是它吹散了头顶凝滞的云。

故事讲完了。少顷，那位年轻的朋友开口问："故事的情节我还有些不明白，当时究竟发生了什么？这其中有什么寓意或道理吗？"

他想知道，那个晚秋的周日午后，我在神户的山上遭遇的那些不可思议——按邀请函的说明前往独奏会场，却来到一座无人的建筑前——意味着什么，为什么会发生那样奇妙的事。这些疑问再自然不过，毕竟我讲的就是一个几乎没有结论的故事。

"这些问题，我现在也都没明白呢。"我老实地回答。

没错，一切都像谜一般的古代文字，它们留存至今仍未被解读。那时发生的事无论怎么看都难以理解、无法说明，令十八岁的我陷入深深的困惑与混乱，甚至一度迷失了自我。

"不过我觉得，寓意或道理之类的东西，在这个故事里倒没有那么重要。"我说。

他听完，不明所以地望着我："你是说，没必要弄清楚这到底是怎么一回事？"

我默默点头。

"但如果是我的话，会很好奇的。应该会想知道为什么会这样，想了解事情的真相。如果我也遭遇同样情况的话。"朋友说。

"当时我当然也很好奇呀，"我说，"我仔细思考到底这是怎么回事，大概也曾因此受伤。但随着时间过去，隔开一段距离远望，所有的事情在心里都渐渐变得乏味而又无关紧要。我渐渐觉得，这件事恐怕和人生的奶油没有任何关系。"

"人生的奶油……"他说。

我说："我们的人生中，有时是会发生这样的事，无法解释，也不合逻辑，却唯独深深地搅乱了我们的心。这样的时候，大概只有什么也不想、什么都不考虑，只有闭上眼睛，让一切过去，就像从巨大的浪涛之下钻出去一样。"

年轻的朋友沉默了一会儿，思索那巨大的浪涛。他是一位资深的冲浪者，应当经常认真地思考关于海浪的事。

他终于开口："但什么都不想，一定很难做到吧？"

"是啊，也许是很难。"

在这个世界上，但凡有点价值的东西，没有哪个是能轻轻松松就得到的吧？那位老人说话的样子，好像毕达哥拉斯在讲述定理，带着不可动摇的坚定。

"还有，那个有无数个圆心，而且没有圆周的圆……"年轻的朋友最后问，"你找到像样的答案了吗？"

"谁知道呢。"我说着，慢慢摇了摇头。谁知道呢？

迄今为止的人生中，每当遇到难以理解又无法说明，却深深地搅乱内心的事时（这类事不常有，但的确发生过几次），我总是试图想起那个圆——有无数个圆心，却没有圆周的圆。像十八岁时在亭子的长椅上那样，闭上眼，聆听心跳的声音。

有时我觉得自己也许已经有了大致的理解，但往更深的地方想一想，却还是不懂。如此循环往复。不过，那个圆恐怕不是一个具体的图案，而是仅存在于人们的意识中吧。我是这样以为的。当我们从心里爱上什么人、感受到某种深刻的怜悯、对这个世界的样貌抱有某种渴望、找到信仰（或类似信仰的东西）的时候，就会自然而然地理解或接受那个圆的存在了吧？虽然这不过是我没来由的推论。

你的大脑啊，是用来思考难题的，是为了把不明白的事想明白而存在的。它自然会成为人生的奶油啊。除了这奶油，其余的一切都是些无可救药的无聊事儿——在那个秋天将要结束的多云的周日午后，在神户的山上，白发老人这样说。那时的我手里拿着一束小红花。而事到如今，每当有事发生，我仍会开动脑筋，去想那个不同寻常的圆，想那些无可救药的无聊事儿，也想那无疑存在于我内里的、不同寻常的奶油。

查理·帕克演奏波萨诺瓦

チャーリー・パーカー・プレイズ・
ボサノヴァ

45

　　大鸟回来了。

　　多么精彩的旋律啊！没错，大鸟回来了，伴随着那魁伟的翅膀扇动的声音。在这颗行星的每一片土地上——从新西伯利亚到通布图——人们仰望天空，目睹飞鸟伟岸的身影，无不欢声雀跃。世界从而再次注满崭新的阳光。

　　时间是一九六三年，距离人们最后一次听到大鸟——查理·帕克的名字，已经过去了一段漫长的岁月。大鸟现在在哪里，在做什么呢？世上每个地方的爵士乐爱好者都曾这样窃窃私语。他一定还活着，因为没人得知他死的消息。但是啊，也没人听说他还活着——有人说。

关于大鸟，人们听到的最后一个消息，是他被赞助人妮卡男爵夫人[1]收容，在她的豪宅中与病魔斗争。大鸟是大名鼎鼎的瘾君子，这件事大概没有哪个爵士乐迷不知道。海洛因——众所周知的纯白色粉末，足以置人于死地。还有传闻说，大鸟患上了严重的肺炎，五脏六腑都有各类疾患，还饱受糖尿病折磨，最后竟连精神也出了问题。就算他幸运地活下来，现在恐怕也等同于一个废人，不可能再拿起乐器。大鸟就这样从世人面前消失，成了爵士乐坛的美丽传说。那是一九五五年前后的事。

可是八年以后，一九六三年的夏天，查理·帕克再次拿起中音萨克斯，在纽约近郊的录音棚里录制了一整张专辑。专辑的名字叫《查理·帕克演奏波萨诺瓦》！

你相信吗？

最好相信。不管怎么说，这件事真的发生了。

---

[1]　潘诺妮卡·科尼格斯沃特男爵夫人（Baroness Pannonica de Koenigswarter），著名犹太巨富罗斯柴尔德家族的后代。

以上是我读大学时写的一篇文章的开头。有生以来，我第一次看到自己的文章变成铅字，并领到了一笔微薄的稿费。

当然，《查理·帕克演奏波萨诺瓦》这张唱片并不存在。查理·帕克早已于一九五五年三月十二日去世，波萨诺瓦经过斯坦·盖茨等人的演绎，在美国爆红时已是一九六二年。但如果大鸟活到二十世纪六十年代，对波萨诺瓦的曲风萌生了兴趣，如果他演奏了波萨诺瓦……我用这样的设定，写了这篇架空的乐评。

不过，大学文艺杂志的主编误以为那张唱片真实存在。他选中我这篇文章，直接当作一篇普通的乐评刊载在杂志上，没有提出任何质疑。主编的弟弟是我的好朋友，承蒙他向主编推荐了我："有个写文章还算有趣的家伙，你们不妨用用看。"（这份杂志出版了四期便停刊了，登载我稿子的是第三期。）

我文章的设定是：这卷查理·帕克留在世上的贵重录音带，偶然在唱片公司的保管室被人发现，此番首次见了天日。虽然这样评价自己写的东西有点不好意思，不过我在这篇文章中可以说投入了相当的热情，将每个细节都捏造得像模像样。到最后，连我自己都快相信真有这么一张唱片了。

杂志发售后，读者对我写的这篇文章反响不小。那原本是一份普通的大学文艺杂志，平时对文章的阅读反馈几乎没有。但世上将查理·帕克奉若神明的粉丝似乎不少，编辑部收到了好几封抗议信，说我的恶作剧"过分且无聊"，"无情地亵渎"了他们的偶像。很难判断到底是这世上的人缺乏幽默感，还是我的幽默感生来就偏离正轨。还听说有些写信的人把我写的文章当真，特意到唱片店去，就为了买那张唱片。

主编因我捉弄他这件事诉过一次苦（实际上我并没捉弄他，只是省去了详细的作品说明），但面对读者对那篇文章的哗然，即便是以批评为主，他的内心似乎仍然是喜悦的。证据便是他曾告诉我，今后要是又写了什么，无论是评论还是创作，都不妨给他看看（不过，我还没来得及给他看，那份杂志就不存在了）。

我前面那篇文章后续是这样写的：

……查理·帕克和安东尼奥·卡洛斯·裘宾，有谁能预言到这场不寻常的邂逅呢？吉他是吉米·拉尼，钢琴是卡洛斯·裘宾，低音提琴是吉米·加里森，鼓是罗伊·海恩斯。光是看到这些人的名字就足以令人心潮澎湃，感受到这支组合的魅力了。至于中音萨克斯当然是查理·"大鸟"·帕克。

让我们看看曲目。

A 面

（1）《科尔科瓦多山》

（2）《平静的爱》

（3）《只是朋友》

（4）《思念满盈》

B 面

（1）《突然出现》

（2）《何等愚昧》

（3）《再一次》

（4）《爱人》

除了《只是朋友》《突然出现》这两首曲子，其他都是出自卡洛斯·裘宾之手的名作。而这两首是以前因大鸟自己的精湛演奏闻名于世的标准曲目，这次按照波萨诺瓦的曲风，以全新形式演绎（也只有这两首曲子的钢琴手从卡洛斯·裘宾换成了多才多艺、经验丰富的钢琴家汉克·琼斯）。

那么，爱好爵士乐的你听到《查理·帕克演奏波萨诺瓦》这个专辑名，心里是怎样的感受呢？想必先是惊讶地"欸！"一声，然后感到好奇和期待填满了胸口吧？但说不定要不了多久，警惕情绪就会一点点抬头——仿佛刚才远山外还有一片美丽的晴空，下一秒却涌起不祥的乌云。

等一下，大鸟，你说那个查理·帕克演奏了波萨诺瓦？大鸟是发自内心地想要演奏那些乐曲吗？难不成他是屈服于商业主义，被唱片公司的花言巧语蒙蔽，才把手伸向了当下的"热门货"？更何况他这名中音萨克斯演奏者的骨子里，已经深深刻下了波普爵士乐的基因。就算真想演奏那样的音乐，他的演奏风格能和源自南美、个性十足的波萨诺瓦完美地调和吗？

不，先不说音乐风格，经历了长达八年的空白期，他还能像从前那样随心所欲地操控他的乐器吗？现如今，他还保持着曾经的高水准演奏能力和创造力吗？

老实说，我之前也有过这样的担忧。我一方面迫不及待地想听到那音乐，一方面又惴惴不安，害怕听了会失望。不过现在我已经屏气凝神，将这张碟反复听过好几次了。我敢打包票，不，让我站上高楼的屋顶，朝每一条街道声嘶力竭地呼喊也无妨——如果你是爵士乐爱好者，不，但凡喜欢音乐的人，面对这火热的心灵和冷静的思维锻造出的迷人音乐，都应该放下手里的一切，侧耳倾听。

（中略）

这张碟首先惊艳到我的，是卡洛斯·裘宾简洁而毫无赘余的钢琴演奏和大鸟那娓娓道来、流畅奔放的乐句，二者的完美结合简直妙不可言。也许你会说，卡洛斯·裘宾的音色（他没在唱片中献声，我指的不过是乐器的音色）和大鸟的音色不是存在着性质和方向性的不同吗？这两个人的音色当然有很大区别，以至于寻找他们之间的共同点可能都成了难事。况且他们似乎根本没想着让自己的音乐去贴合对方。可这种违和感本身，他们二人在音色上显而易见的不一致本身，正是创造出这无与伦比的美妙音乐的原动力。

　　首先请各位附耳倾听 A 面的第一首曲子，《科尔科瓦多山》。在这支曲子里，大鸟没吹奏开头的部分，只吹了后面一段。开头只有卡洛斯·裘宾的钢琴，安静地弹奏那段熟悉的旋律。节奏组 [1] 只管在背后沉默。那曲调让我们想起坐在窗边的少女眺望窗外美丽夜景时的目光。大部分是单音节，偶尔小心地加入一个简单的和弦，仿佛在少女身后温柔地添一只柔软的靠垫。

---

[1] 乐队中为乐曲搭建节奏的演奏者们。一般包括鼓手、贝斯手和节奏吉他手。

　　这段钢琴弹奏的旋律结束后，大鸟的萨克斯声悄悄响起，就像从窗帘的缝隙溜进房间的黄昏浅影。待你缓过神来，它已经出现了。那不间断的袅娜旋律，恍若隐姓埋名潜入你梦中的甜美思念。风从你心灵的沙丘上拂过，留下的精妙砂纹化作优雅的伤痕；你不禁许下愿望，希望它就这样永不消失……

　　后面的部分就不放了，全是这些煞有介事的修辞和描写。不过，那张唱片里的音乐给人的大致印象诸位已经心中有数了吧？当然，那些音乐实际上是不存在的。或者说，本应是不存在的。

　　故事到这里暂且告一段落。接下来要讲的，是后来发生的事。

　　很长一段时间里，我都将学生时代写过这样一篇文章的事忘得一干二净。毕业以后，我的人生出乎意料地兵荒马乱，最终，那篇架空的乐评成了年少时一场不负责任的轻松玩笑。可大约十五年后，它又以一种意外的方式回到我身边。就像一支回旋镖，你已经忘了曾把它掷出去，它却在意想不到的时刻飞回你手中。

一次，我因公务在纽约市内停留，那天时间充裕，我在下榻酒店的附近散步，走进了东十四街一家小小的二手唱片行。在那家店的查理·帕克专区，我竟然发现了一张名为 *Charlie Parker Plays Bossa Nova*[1] 的唱片。它看上去像是私制的盗版盘，白色封套的外侧没有图画也没有照片，只有黑色铅字敷衍地印着唱片的名字，内侧记有曲目和人名。令我震惊的是，曲目和演奏者的名字都与我学生时代随意编造的内容分毫不差。仅有两支曲子与汉克·琼斯有关，他的名字代替卡洛斯·裘宾出现在钢琴手的位置。

我拿着那张唱片，无言地伫立在原地。身体深处似乎有某个小小的部分麻了一下。我再次小心地环顾四周，这里当真是纽约吗？此地毫无疑问是纽约的商业区。我就在这间小小的二手唱片行里，并没有沉醉于幻想的世界，也不在逼真的梦境中。

---

[1] 《查理·帕克演奏波萨诺瓦》。

我从封套里抽出唱片。唱片上贴着白色标签，上面印着专辑名和曲目，没有唱片公司的商标之类的东西。再看看唱片的声槽，每一面都整齐地录有四首曲子。我询问收银台前那位长发的年轻店员能否试听，他摇摇头。"店里的唱片机坏了，现在不能试听。"他说，"抱歉哦。"

这张唱片标价三十五美元。该怎么办呢？我犹豫了很久，最后还是走出店门，没有购买。我想那肯定是某个人无聊的恶搞。某个好事的家伙按照我以前写的文章，原样捏造出一张架空的专辑。这人找来一张A面和B面各录了四首曲子的唱片，泡在水里剥下标签，用胶水把一张亲手做的标签粘上去。花三十五美元买这么个假货，怎么想都蠢透了。

我独自走进酒店附近的西班牙餐厅，喝了啤酒，吃了简单的晚饭，之后在附近漫无目的地散步。这时，心里忽然涌起一阵悔意。还是应该把那张唱片买下来。就算是毫无意义的假货，就算它溢价过高，刚才还是应该买下来，作为我崎岖人生的一份古怪的纪念。我立刻再次往十四街走去。急匆匆地走到那里，可唱片行已经关门了。安在卷帘门上的牌子显示，这家店工作日上午十一点半开门，晚上七点半关张。

第二天中午，我又一次来到这里。一个头发稀疏的中年男子坐在收银台前，穿一件松散的圆领毛衣，边看报纸的体育版边喝咖啡。咖啡像是刚用咖啡机做好的，店里隐约飘荡着新鲜而令人舒心的香气。由于刚刚开门不久，除了我，店里没有其他客人，天花板上的小扬声器里流淌着费拉·桑德斯的老曲子。看上去那位中年男子应该是这家店的老板。

我到查理·帕克的专区找了找，并没有那张想要的唱片，但我确定自己昨天把它放回这里了。无奈之下，我又将爵士分类的所有唱片箱翻了个遍，心想说不定错放到别的地方去了，可无论怎么找，都没找到那张唱片。这么短的时间它就被卖掉了吗？我走到收银台前，对穿圆领毛衣的中年男子说："我要找一张昨天在这里看到的爵士乐唱片。"

"哪一张？"他说话时眼睛不离《纽约时报》。

"*Charlie Parker Plays Bossa Nova*。"我回答。

男人放下报纸，摘掉金属质地的细边老花镜，目光缓慢地移向我："不好意思，能再说一遍吗？"

我重复了一遍。男人一言不发，啜了一口咖啡，然后轻轻摇头："这张唱片根本就不存在。"

"那是当然。"我说。

"如果你想要 *Perry Como Sings Jimi Hendrix*[1] 的话，我们倒是有。"

"*Perry Como Sings*——"说到一半，我意识到对方在跟我开玩笑。这男人是说玩笑话时故作严肃的类型。"但我真的看见了。"我说，"虽然我认为那不过是捉弄人的把戏。"

"你是说，在我家看见那张唱片了？"

"对。昨天下午，就在这家店。"我向他描述那张唱片装在什么样的封套里，收录了哪些曲目，还说了标价三十五美元的事。

"你肯定是哪儿弄错了吧，我家没有这样的唱片。爵士乐唱片的采购和标价就我一个人做，要是见过那样的东西，

---

[1] 《佩里·科莫演唱吉米·亨德里克斯》。

我怎么也能记住。"

他说着摇摇头，戴上老花镜，刚要接着读刚才的体育新闻，忽然像想到什么似的，又摘下眼镜，眯起眼，仔仔细细地看我的脸，然后说："不过，如果你有一天搞到了那张唱片，一定要让我也听听。"

后来又发生了一件事。

之前那件事过去很久以后的一个夜晚（其实就是最近），查理·帕克出现在我的梦里。在梦中，查理·帕克为我，就为我一个演奏了《科尔科瓦多山》，是一段没有节·奏组的中音萨克斯独奏。

阳光不知从哪里的缝隙中洒下，大鸟独自站在那道竖长的明亮里。那大概是清早的阳光，新鲜、直爽，还没混入杂质。大鸟面朝我，整张脸笼着暗影，不过我还是勉强能看出他穿的是双排扣的深色西装，白衬衫上打着亮色的领带。而他手中的中音萨克斯脏污不堪，灰尘满布，锈迹斑斑。还有一根按键断掉了，用勺子把和胶带勉强固定着。见此景象，我不得不陷入沉思。乐器这样惨不忍睹，就算大鸟再怎么厉害，也吹不出像样的音符吧？

　　这时，我猛然间嗅到一股醇香的咖啡味。多么迷人的味道啊！热烈而醇厚，是刚做好的黑咖啡的香气。我的鼻腔喜悦地轻颤。虽然那味道让我心动，我的目光却一刻也没从眼前的大鸟身上离开。我担心稍微一错神，大鸟的身影就会消失不见。

　　不知道为什么，那时我已经明白这是梦了——此刻，我正在做一个有大鸟登场的梦。偶尔会发生这样的事，我一面做梦，一面确知"这就是梦"。不过我以前从未在梦里如此清晰地闻到过咖啡的味道，让我有一种不可思议的感动。

　　大鸟终于将吹嘴含在口里，谨慎地吹了一声，好像在测试簧片的状态。过了一会儿，待那声音消失，他又以同样谨慎的态度，安静地排布出几个音符。这些音符在空气中飘浮了一阵子，然后柔软地降到地面。等它们一个不落地降到地上，被沉默吞噬，大鸟又向空中吹送出一连串比刚才更深沉、更有质感的声音，就这样开始了《科尔科瓦多山》的演奏。

到底该怎样描述这段音乐呢？之后回忆起来，与其说大鸟在梦中为我一个人演奏的音乐是一段流淌的音符，不如说那接近于一次瞬间的全面曝光。我能清清楚楚地忆起那音乐，它确实曾经存在。但我无法再现那音乐的内容，也无法沿着时间回溯，就像无法用语言描述曼陀罗的图形一样。我可以肯定，那音乐触及了灵魂深处的核心。它能让人体会到，自己身体的构造在听到它的前后有些许不同——世上确实存在这样的音乐。

"我死的时候，只有三十四岁。三十四岁啊。"大鸟对我说。我想他应该是对我说的，因为那个房间里只有我和他两个人。

我没能对他的话做出恰当的反应。在梦中采取合适的行动是很难的事，所以我只是默不作声地等待他的下一句话。

"你想一想，在三十四岁的时候死掉是怎么样一回事。"大鸟继续道。

我试着想象自己如果死在三十四岁上，会有怎样的感受。三十四岁时，我人生中的许多事才刚刚开始。

"没错，对我来说，一切也才刚刚开始。"大鸟说，"我才刚开始生活。可当我猛地回过神，看看四周，才发现一切已经结束了。"他静静地摇摇头，整张脸还在阴影之中，我无法看到他的表情。满身伤痕的脏兮兮的乐器用细带挂在他的脖子上。

"死当然永远都是突如其来的。"大鸟说，"但同时又是十分缓慢的。和你脑海中浮现的那些美妙的旋律一样。它是转瞬之间的事，又可以无穷尽地延长。就像从东海岸到西海岸一样长——或者像永远一样长。在那里，时间的概念消失了。从这个意义上来说，也许我活着的每一天都在逐渐死亡。可尽管如此，真正的死还是无限沉重的。直到死亡来临前的那一刻，一直存在的东西突兀地尽数消失，回归彻底的虚无。而对我来说，那存在指的就是我本身。"

有那么一阵子，他低着头，定睛望着自己的乐器。接着，他再度开口：

"你知道我死的时候在想些什么吗？"大鸟说，"脑海中只有一段旋律，我将它重复了再重复，一直在意识里哼唱。那段旋律怎么也不肯离开我的思绪。常有这样的事吧？某段旋律一直在人心头盘桓。而我心中的这段旋律居然是贝多芬《第一钢琴协奏曲》第三乐章的一节。是这样的——"

大鸟轻声哼唱，我对这段旋律也有印象，是一段钢琴独奏。

"在贝多芬写下的曲调中，这一段最摇摆。"他说，"我以前就特别喜欢这第一协奏曲，听过好多好多遍施纳贝尔演奏的SP唱片[1]。可这还真是件新鲜事啊，我查理·帕克要死的时候，脑子里一遍遍哼唱的竟然偏偏是贝多芬的旋律啊。然后黑暗就来了，像垂下帷幕一样。"大鸟发出沙哑的轻笑声。

我什么都说不出来。面对查理·帕克的死，我到底该说什么好呢？

---

[1] 唱片的初期形态。每分钟七十八转，每面可录制三至五分钟的音乐，因此又被称为"78转唱片"或"标准时长唱片"。SP即"Standard Play"的缩写。一九四八年，每面可录制三十分钟音乐的LP（Long Play）唱片问世，SP唱片随之淡出市场。但SP唱片单面录制时长的限制导致如今流行音乐的长度仍多为三至五分钟。

"不管怎样，都要对你说句谢谢。"大鸟说，"你给了我又一次生命，还让我演奏了波萨诺瓦。这对我来说，是再开心不过的经历。当然如果我能活到这事真正发生的那天，一定更让人欢欣鼓舞。可就算是死后能这样一回，也够棒了。要知道，我本来就喜欢新出现的音乐类型。"

那么你今天在这里现身，是为了向我道谢吗？

"是啊。"大鸟说。他好像能听到我内心的想法，"我是为了向你道谢才站在这儿的，为了说句谢谢。要是你觉得我的音乐好听，那就最好。"

我点头。我本该说些什么，但到底没能找到适合当时情景的话。

"*Perry Como Sings Jimi Hendrix* 啊……"大鸟若有所思地嘟囔着，又沙哑地哧哧笑了起来。

然后大鸟消失了。先是乐器消失，接着是不知道从哪里洒进来的光消失，最后是大鸟消失。

从梦中醒来时，枕边的时钟指向凌晨三点半。四下当然还是一片黑暗，本该填满房间的咖啡香也不见了，屋里没有任何味道。我到厨房喝了好几杯凉水，然后坐在餐桌前，再一次试着重现大鸟为我、只为我一人演奏的那段美妙旋律的吉光片羽，可还是连一个小节都想不起来。尽管如此，他说的话却在我脑海中苏醒。趁着这份记忆还没褪淡，我用圆珠笔将那些话一字一句地、尽可能正确地记在笔记本上。这是我为那个梦能做的唯一的事了。是的，为了向我道谢，大鸟造访了我的梦。为了感谢我很久以前给了他演奏波萨诺瓦的机会，他还随手拿起手头的乐器，为我吹了一曲《科尔科瓦多山》。

你相信吗？

最好相信。不管怎么说，这件事真的发生了。

和披头士一起 With the Beatles
ウィズ・ザ・ビートルズ With the Beatles

67

　　上了年纪这件事，令人惊讶的往往不是上年纪本身，也不是曾经年少的自己不知不觉间到了被叫作老年人的年纪。令人惊讶的，反而是当初的那些同龄人，都已成了不折不扣的老人……尤其是曾在我身边的那些美丽而活泼的女孩子，现在恐怕都已到了有两三个孙子的年纪。每每想到这个，都觉得着实不可思议，偶尔还会难过。唯独不会难过的，反倒是自己的衰老。

　　之所以会为曾经的少女们步入老年而悲伤，多半是由于我不愿再次承认，自己年少时怀抱的类似梦想的东西已经失去了力量。在某种意义上，梦想的消逝恐怕比生命本身迎接死亡更让人难过。有时候，这甚至让人觉得很不公平。

我至今仍然清楚地记得一个女孩——一个曾是少女的女人，但我不知道她的名字。当然也不知道她现在在哪里，在做什么。我知道的，仅仅是她和我上同一所高中，年纪相同（她胸前那枚标示年级的纽扣和我的颜色一样），披头士的音乐也许对她很重要。除此以外，我对她一无所知。

那是一九六四年，披头士的旋风正席卷世界。季节是初秋，高中的新学期起始，大家刚安顿好每天的生活。她独自快步走过学校的走廊，裙裾飞扬，像是急着赶去什么地方。我在老旧校舍那长而昏暗的走廊里与她擦肩而过，当时除了我们两个再没有别人。她郑重其事地将一张唱片抱在胸前，是一张名叫《和披头士一起》的LP唱片。披头士乐队四位成员的正侧光黑白集体照出现在封套上，令人印象深刻。在我的记忆里，那张唱片不是美国发行的，也不是日本版，而是英国的首版。不知道为什么，这件事我记得清清楚楚。

她是位美丽的少女。至少在那时的我眼中，这位少女的模样楚楚动人。她的个子不算高，头发长而漆黑，腿很细，散发着美妙的香气（不，这也许不过是我单方面的想象，说不定她根本就没有香气，但总之给了我这种感觉。与她擦肩而过的时候，我仿佛闻到了无比美妙的馨香）。那一刻，我被她——被那位紧抱着《和披头士一起》LP 的不知名的美少女——深深吸引了。

我的心脏跳得快而有力，无法顺畅地一呼一吸，整个人好像潜到泳池底部似的，周围的声音倏然远去，只听得微弱的铃声在耳朵深处鸣响，仿佛有人急着通知我什么意义重大的消息。但这一切不过发生在十秒或十五秒内，时间极为短暂。它突然发生，等我反应过来的时候已经宣告结束。而本应存在于那一刻的重要信息，和所有美梦的核心一样，已然消散在迷宫之中。人生中重要的事大抵如此。

高中昏暗的走廊，美丽的少女，摇摆的裙裾，还有《和披头士一起》。

那是我唯一一次见到那位少女。后来直到高中毕业的几年里，我都没再见过她。这件事想来很不寻常。我念的是神户的山上一所规模很大的公立高中，一个年级的学生有六百五十人之多（由于是所谓的"团块世代[1]"，人数总之是很多的），所以大家不可能认全所有的同学。相比之下，叫不出名字也认不出长相的学生数量要多得多。但即使如此，我几乎每天都要上学，频繁地在走廊上走来走去，却自那次之后，再也没和那样漂亮的少女擦肩，这无论如何也不合情理。毕竟我每次穿过学校的走廊都有留心身边的人，期待再与她相遇。

难道她像一阵青烟凭空消失了不成？还是说那个初秋的午后，我做了一场看得见摸不着的白日梦？或者是我在昏暗的学校走廊里，将那位少女美化过了头，后来即使和现实中的她打过照面，也没能认出她？（但看样子，在这三种可能中，最后一种的可能性最高。）

那之后，我结识了好几位女性，也和她们有过亲密的来往。每当邂逅一位新的女性，我都感觉自己下意识地渴

---

[1]　指于一九四七至一九四九年间出生的日本人。日本在第二次世界大战结束后迎来了第一波婴儿潮。

望从身体里重新唤起那一刻的思绪，唤起一九六四年的秋天，我在学校昏暗的走廊里邂逅的那个耀眼的瞬间。我渴望心脏有力而无声的悸动，渴望胸口的窒闷和耳朵深处传来的微弱铃声。

有时候我能够得偿所愿，有时候则不太顺利（铃是响了，可惜我没能察觉）。还有的时候我已经抓住了那种感觉，却在某个转角徒劳地跟丢了它。不过无论情况怎样，这份感觉的重现程度，时常为我发挥着所谓"仰慕的标尺"的功用。

无法在现实世界中圆满地得到这份悸动的时候，我便让过往对它的记忆从自己的身体内部悄悄复苏。就这样，记忆有时成了我最珍贵的情感资产之一，也成了我活下去的寄托，就像躲在外套大口袋里熟睡的、暖乎乎的小猫。

说说披头士吧。

邂逅那位少女之前的一年，披头士已在世界范围内人气飙升。到了下一年，也就是一九六四年的四月，出现了披头士包揽全美国流行歌曲排行榜第一位到第五位的盛况。这在流行音乐史上自然是前所未有的大事件。让我们将当时的五首热门歌曲列出来看看：

（1）《真爱无价》

（2）《扭动并尖叫》

（3）《她爱你》

（4）《我想握住你的手》

（5）《请取悦我》

据说，《真爱无价》的单曲碟在美国仅预售就卖出了二百一十万张。也就是说，实物唱片发售之前，已经达到了两百万的销量。

披头士的人气在日本当然也很火爆。打开收音机，几乎随时都能听到他们的歌。那个年代我也有不少中意的披头士作品，当时流行的每一首他们的热歌我都记得。如果要我唱，立刻就能唱得出来。毕竟那时候，我是一边坐在桌子前学习（或者假装学习），一边开着收音机大听特听音乐节目的。

不过说老实话，我从来都不是披头士的狂热粉丝，也从不曾积极主动地去听他们的歌。虽然以前听他们的歌听到耳朵都要起茧子了，但那些不过是被动地传入我耳中，轻轻松松地从我意识里滑过的流行音乐；是松下半导体收音机小小的扬声器里流淌出的，我青春时代的背景音乐罢了。把那些歌比喻成"音乐壁纸"，说不定正合适。

高中以至上大学后，我没买过一张披头士的唱片。那时的我被爵士和古典音乐深深吸引，认真听音乐的时候，听的净是此类乐曲。我用攒下来的零用钱去淘爵士唱片，在爵士乐酒吧点播迈尔士·戴维斯或塞隆尼斯·蒙克的曲子，还会跑去听古典音乐的音乐会。

很久很久以后，我才在机缘巧合下主动买了一张披头士的唱片，还算认真地听了。但那又是另外的故事了。

我将《和披头士一起》这张披头士的专辑仔仔细细地从头听到尾，是三十五岁以后的事了。要说不可思议，的确是不可思议的。也就是说，尽管抱着那张专辑走过高中走廊的少女的身影在我脑海中仍清晰得惊人，但在漫长的岁月中，我却从未萌生过想要亲自听一听那张 LP 的念头。不知道为什么，我似乎没有多少兴趣去了解她抱在胸前的那张塑料碟片的凹槽里，究竟刻着怎样的旋律。

三十多岁的日子过了一半，已称不上是少年或青年的我第一次听到那张 LP，首先想的是：这里面录的绝不是什么让人屏气凝神来听的好音乐。专辑收录的十四首作品中，有六首翻唱自其他歌手的拿手曲目。其余八首披头士的原创歌曲里，除了保罗写的《我全部的爱》，剩下的很难说完成得有多出色（我是这样认为的）。惊艳合唱团的《拜托了，邮差先生》和查克·贝里的《摇翻贝多芬》翻唱得很好，现在听来仍然让人感叹"不愧是披头士"，但也不过是翻唱而已。唱片中没有收录广受好评的单曲，披头士想凭新歌填满一整张 LP 的挑战精神多少值得称赞，但就我听来，在音乐的清新程度上，前面那张几乎全是即兴作品的出道专辑《请取悦我》倒是更胜一筹。

不过，他们这张二号专辑在英国成了流行榜单上的第一位，此后更是守住这个名次长达二十一周之久（专辑的美国版内容和英国版稍有不同，名称也改为《遇见披头士》，但封套设计几乎没变）。大众热切盼望听到更多的披头士音乐，就像徒步穿越沙漠的人们渴望新鲜的水。黑白封套上四名成员明暗分割的肖像也给人留下了极为深刻的印象，这些因素恐怕都促成了上述成就的实现。

事实上，那位少女也正是以郑重其事地怀抱那张唱片的身姿深深地俘获了我的心。如果少了披头士的唱片，那股魅惑我的力量一定不会如此强烈。那时那刻存在音乐。可那时那刻真正存在的，是包含音乐同时又超越音乐的某种更巨大的东西。那幕情景转瞬间在我心中的相纸上烙下了鲜艳的印痕——一幕属于那个时代、那个地点、那个瞬间的，独一无二的灵魂的风景。

下一年——也就是一九六五年发生的最重要的事，不是约翰逊总统下令轰炸越南北部，冲突直接升级为全面战争；也不是科学界在西表岛发现西表猫；而是我有了一个女朋友。她是我高中一年级的同班同学，我们在高一的时候还谈不上交往，上高二以后，才在偶然的契机下走到了一起。

　　如果被诸位误会就难办了，所以我姑且先交代清楚，我长得不帅，不是什么明星运动员，学习成绩也不是多么出众。唱歌不好听，更不会花言巧语。所以无论是学生时代，还是步入社会后，同时受两位甚至更多女性垂青的情况一次也不曾有。尽管这没什么好自豪的，却是我晃晃悠悠的人生中，为数不多敢自信地打包票的事之一。但不知道为什么，即便我这副模样，往往还是会有一个不知从哪里来的女人对我感兴趣，并愿意主动接近。我上学时的每一个班级里，几乎都有这么一个女孩。说实话，我完全搞不清楚她们究竟对我的哪些地方感兴趣，或者是喜欢上了我哪里。但无论如何，我还是和她们一起度过了一段相当棒的亲密时光。她们有的成了我的好朋友，有的和我走得更近一些。她便是这些女人中的一个——或者说，她是第一个和我走得更近一些的人。

　　我的这位初恋女友，是个身材娇小的迷人少女。那年暑假，我和她每周约会一次。某天下午，我亲了她丰润的小嘴唇，隔着内衣抚摸了她的乳房。她穿一件白色的无袖连衣裙，头发泛着洗发水的柑橘味道。

她似乎对披头士的音乐没有半点兴趣，对爵士乐也毫不关心。她爱听的是诸如曼托瓦尼乐团、珀西·费思乐团、罗杰·威廉斯、安迪·威廉斯、纳京高那类非常和缓的，可以说是中产阶级式的音乐（并且在那时候，"中产阶级式的"一词绝无贬义）。我每次去她家玩，都会看到很多这种风格的唱片，就是现在所谓的轻音乐。她家的客厅有一套十分气派的立体声组合音响。她将自己喜欢的唱片用唱片机播出来，然后我们在沙发上接吻。那天下午，不知道她的家人都去了哪里，家里只有我们两个。老实说，在这样的情况下，无论放的是哪一类音乐，都无关痛痒。

关于一九六五年的夏天，我能忆起的是白色的连衣裙，柑橘味的发香，格外挺实的钢圈胸罩的触感（当时的胸罩与其说是内衣，不如说更像一座堡垒），和珀西·费思乐团流畅弹奏的《夏日之恋》[1]。直到今天，一听到《夏日之恋》，我脑海中便浮现出她家那张松软的大沙发。

---

[1] 原曲名 *A Summer Place*，直译为"夏日圣地"。此处为贴合日文原文，采取了按本曲日文曲名『夏の日の恋』翻译的做法。

顺带一提，我们同班时的班主任于数年后（大概是一九六八年，印象中和罗伯特·肯尼迪遭暗杀的时间差不多）用自己家中的鸭居[1]上吊自杀了。班主任是教社会课的，听说自杀的原因是思想走进了死胡同。

思想走进了死胡同？

没错，二十世纪六十年代后半段，就是会有人出于这样的原因亲手了结自己的生命。虽说这种事也不是太常出现。

我和女友以珀西·费思乐团浪漫而流畅的音乐为背景，在夏日午后的沙发上笨拙地抱在一起，同一时刻，那位社会老师也正朝着致命的思想死胡同一步步向前走。或者说，他是朝着绳索无声而结实的扣眼，一步步向前走。想到这里，我不禁讶异，甚至陡然生出一丝罪恶感。迄今为止遇到的老师中，他属于相当本分的那类人。课教得好不好暂且不论，但他做到了尽可能公正地对待自己班上的学生。虽然我一次也没和他亲近地聊过天，但至少他给了我这样的印象。

---

[1]　日本传统房间中，纸拉门或推拉窗带滑轨的上框。

　　一九六五年和一九六四年一样，依然是属于披头士的一年。一月是《我感觉很好》，三月是《一周八天》，五月是《离别车票》，九月是《救命！》，十月，《昨天》在全美流行榜单的榜首熠熠发光。印象中，只要留心去听，几乎随时都能听到他们的歌。没错，披头士的音乐就像无缝衔接的壁纸，将我们彻底包围了起来。

　　不放披头士的时候，人们便放滚石乐队的《满足感》、飞鸟乐队的《铃鼓先生》、诱惑合唱团的《我的女孩》、正义兄弟的《你已失去爱的感觉》、沙滩男孩的《帮帮我，朗达》之类的歌曲。戴安娜·罗斯和至上女声组合也频频被捧上榜单。松下半导体收音机在我背后一首接一首地唱着这些令人雀跃的美妙歌曲。对于流行音乐，那确实是非同寻常的一年，令人目不暇接。

　　有人说，一个人的一生中，流行歌曲最自然、最如影随形地唱进他心坎的年代，是他最幸福的时光。这话也许不错，也许并非如此。也许流行歌曲最终不过就是流行歌曲，而我们的人生，最终也不过是被美化的消耗品。

她的家就在我常听的神户广播台附近。她父亲好像是做医疗器材的进口或出口的，具体我不太清楚。总之，她父亲有一家自己的公司，生意好像还挺兴隆。她家在离海不远的松树林里，说是买下从前某个企业家的避暑别墅改建的。夏日的午后，海上吹来的风沙沙地摇着松林，那或许是最适合听《夏日之恋》的环境。

很久以后，我偶然在深夜电视节目里看了名为《畸恋》的美国电影。那是一部好莱坞的青春恋爱片，一九五九年公映，由特洛伊·多纳胡和桑德拉·迪主演。剧情挺常见，但总的来说，算是拍得不错的。原来《夏日之恋》是马克思·施泰纳为这部电影所作的主题曲，后来经珀西·费思乐团重新演绎才家喻户晓。电影中果然也出现了海边的松林，它们伴着管弦乐团的圆号合奏，在夏日午后的风中沙沙摇动。看完那部电影后，海边松林在风中摇颤的风景，在我眼中几乎成了对世上所有健康的年轻人蓬勃性欲的隐喻。不过，这大概只是我个人的见解或偏见罢了。

影片中，特洛伊·多纳胡和桑德拉·迪被那阵性欲蓬勃的风拂过，并拜它所赐遭遇了种种现实的困难。两人产生过巨大的误会，后来又达成了充分的和解，种种障碍云消雾散般解除，最后美满地走到一起，结了婚。当时好莱坞电影的大团圆结局就是以结婚告终，营造出可以合法性交的环境。但我和女友最后当然没有结婚。那时的我们还是高中生，所做的事仅限于听着《夏日之恋》，在沙发上笨拙地相拥。

"欸，你知道吗？"她在沙发上小声向我摊牌，"我啊，其实嫉妒心非常强。"

"是么。"我说。

"至少这一点，我想先和你说明白。"

"好啊。"

"嫉妒心强，有时候很累。"

我默默抚着她的头发。但所谓的嫉妒心强指的究竟是什么，它将从何种地方而来，会导致怎样的结果，当时的我还无法很好地想象。那时候，我的脑子不由分说地被自己的情绪填满，哪里顾得上这些。

顺带一提，特洛伊·多纳胡在二十世纪六十年代前期，还是备受人们喜爱的帅气青年影星。但自那以后，他却沉溺于毒品与酒精，接不到片约，甚至一度沦落为无家可归的流浪汉。桑德拉·迪据说也长时间为酒精依赖症所苦。一九六四年，多纳胡和当时的人气女演员苏珊娜·普莱舍特结婚，然而八个月后便离婚了。一九六〇年，桑德拉·迪和歌手鲍比·达林结婚，却于一九六七年离婚。这些当然与《畸恋》的情节毫无关系，同样，和我与女友后来的命运也是无关的。

　　我的女友有一个哥哥，一个妹妹。妹妹那时上初中二年级，个子比姐姐还要高五厘米左右。她和每一个个子高得与年龄不符的女孩一样，外形不算特别可爱，还戴着一副厚底眼镜。但女友似乎十分疼爱这个妹妹。"那孩子学习成绩非常好。"她说。顺带一提，那时她本人的成绩大概说得过去，可能和我的差不多。

　　我们曾经和她的妹妹一起，三个人去看过一次电影。当时出了一些状况，导致我们非这样做不可。我们看的是音乐片《音乐之声》，剧场里人山人海，七十毫米胶片拍出的画面投映在格外宽阔的曲面银幕上，而我们坐在前排观看。我还记得影片结束时眼部肌肉的酸痛感。但女友非常喜欢影片里的音乐，还买来原声碟，听了很多次。其实我更喜欢约翰·科尔特兰弹奏的那首魔术般的《我最心爱的东西》，但说出来也没什么意义，我就没对她提起过这件事。

她的妹妹对我似乎没什么好感，每次见面都用一种缺乏情感的异样眼神看我——好像在仔细端详冷库深处放了很久的鱼干还能不能吃。这样的眼神总让我有种说不明白的歉疚。不知道为什么，我总觉得她看我的时候几乎无视我的外表（尽管我的外表的确没什么值得看的），而是直接透视到了我这个人的内心深处。也许是心里确实有相当的歉疚，我才会这样觉得吧。

和女友的哥哥碰面要再晚一些。他比我女友大四岁，那时肯定已经二十几了。女友没向我介绍过这位哥哥，关于他的事几乎一概不提。偶尔提到哥哥，就巧妙地转移话题。之后回想起来，她的态度大概是有些不自然的，但当时我没怎么介意这一点。我对她的家人本就不怎么好奇，她让我感兴趣的，完全是另一类更加实际的东西。

我和她哥哥第一次见面讲话，是一九六五年的秋天快要结束的时候。

那个星期天，我去她家接她。那时我们经常以一起去图书馆学习为名目出门约会，因此我会把能充学习样子的东西一股脑儿地装进单肩包里，像新手罪犯一样，给自己制造拙劣的不在场证明。

那天早上，无论我怎么按她家大门的门铃，里面都没有回应。隔了一会儿我又按了几次，没过多久，屋里传来一阵悠闲的脚步声，终于有人为我开了门。那人便是她的哥哥。

她的哥哥比我高一点，总体来说体形偏胖。不是那种肥嘟嘟的胖，更像是运动员出于某些原因有段时间不能运动，只得任凭赘肉攀上身体各个部位的那种说不清道不明的、暂时性的肥胖。他的肩膀宽阔，显得脖子细长。头发乱糟糟的，好像刚从床上爬起来。发质似乎很硬，这一撮那一撮地翘得老高，两侧长得盖过耳朵，像是至少两周前就该去理发店，却一直没去似的。他穿一件领口松了的深蓝色套头毛衣，下身是一条膝盖位置撑变了形的灰色卫裤。他的外表和我那头发永远一丝不乱、穿戴整齐的女友相比，实在反差太大。

也许是嫌阳光刺眼，他眯起眼端详了我一会儿，整个人像一头久未出没于阳光之下的、毛色衰败的动物。

"呃，你是小夜子的朋友对吧？"他在我开口之前问道，接着咳了一声。他的声音懒洋洋的，但我能听出其中包含了几分好奇。

"是的，"我报上自己的名字，"约好了十一点来找她。"

"小夜子这会儿不在哦。"他说。

"不在。"我原样重复了对方的措辞。

"嗯，不知道上哪儿去啦。没在家里。"

"但是，我们约好了今天十一点，我来这里接她的。"

"是吗？"她哥哥说，然后抬头往旁边看了看，像是在看表。可是那里碰巧没有表，只有刷着石灰的白墙。于是他的目光又无可奈何地回到我身上，"可能你们是约好了，但总之这会儿她不在家。"

这该如何是好呢，我没了主意。这该如何是好呢，她哥哥似乎也没了主意。他慢吞吞地打了个哈欠，接着挠了挠后脑勺。每一个动作都透着莫名的慵懒。

"我家现在，好像没人啊。"他说，"刚才我起床一看，除了我以外一个人都没有。大家好像都不见了，但到底去哪儿了，我就不知道了。"

我默默不语。

"老爸可能去打高尔夫了，两个妹妹也许去哪儿玩了。去就去吧，可连老妈都不在，就不太对劲了啊。一般不会这样的。"

我没有表达自己的意见，这是别人家的事。

"但既然和你约好了，小夜子可能一会儿就回来了。"她哥哥说，"你进来等她好了。"

"怪给你添麻烦的，我就在这附近转一转，过会儿再来。"我说。

"不，没什么麻烦的。"他果断地说，"再让你按一次门铃，我再过来开一扇又一扇的门，那反而才麻烦。行了，你就上来等吧。"

　　我只好照他说的走进屋里。他带我来到客厅，就是那间夏天我和女友在沙发上拥抱的客厅。我在那张沙发上坐下来，女友的哥哥坐在沙发对面的一张安乐椅上，接着又优哉游哉地打了一个漫长的哈欠。

　　"你是小夜子的朋友吗？"她哥哥又一次向我发问，像是要仔细确认事实似的。

　　"是的。"我再次给出同样的回答。

　　"不是夕子的朋友？"

　　我摇摇头。夕子是她高个子妹妹的名字。

　　"和小夜子交往有趣吗？"她哥哥问话时看着我的脸，好像在看什么新鲜的东西。

　　我不知道该如何回答，于是没有说话。可他一直等着我的答案。

　　"挺开心的。"我总算找到了一句像样的话作答。

　　"开心，但是没意思？"

　　"不，我不是这个意思……"我说了一半，但接下去不知道该说什么了。

　　"咳，无所谓了。"她哥哥说，"有趣也好，开心也好，没有太大的区别吧，大概。话说，你吃早饭了吗？"

"吃了。"

"我现在要煎吐司吃，你要不要？"

"不，不用了。"我回答。

"真的？"

"真的。"

"咖啡呢？"

"不用了。"

可能的话，我倒是想喝杯咖啡，但要和她的家人——特别是她不在的时候——产生更深的关系，我还是有些提不起精神。

他一言不发地站起来，径自走出房间。可能是去厨房做早饭了吧。不久，屋子深处传来盘子和杯子"叮叮当当"的碰撞声。我独自坐在沙发上，双手放在膝头，选了一个被谁看到都不要紧的姿势，安静地等着女友从某个地方回来。时钟指向十一点十五分。

我们真的约好了今天十一点来这里接她吗？我又回溯了一次记忆。可无论怎么回忆，约定的地点、日期和时间都没有错。前一天晚上我们刚刚通过电话，确认了这项日程，她不是动辄忘记或违背见面约定的那种人。再者，一家人星期天早上全都消失不见，只留下哥哥一个，也多少让人难以置信。

我就这样不明就里地枯坐在那里，一言不发地在时间中煎熬，分秒的移动慢得可怕。屋子深处的厨房不时传出动静来，拧水龙头的声音，用勺子"叮叮当当"搅和什么东西的声音，某个柜门打开又合上的声音。看来她哥哥是那种凡事不搞出很大动静就不罢休的人。但除了厨房，我没听到其他地方还有声音。没有风声，也没有狗吠。沉默如肉眼不可见的淤泥，渐次填满我的耳朵，以至于我不得不咽了好几次唾沫。

可能的话，我想听些音乐。《夏日之恋》也好，《雪绒花》也好，《月亮河》也好，什么都好。我没有过多的奢求，只想着有点音乐声就好，但又不可能随便摆弄别人家里的音响；环顾四周想找些东西来读，但既没看到报纸，也没看到杂志；翻看自己的单肩包，可似乎偏巧只有那天忘了放一本书在里面。平时我至少会带一本最近在读的文库本才对的。

　　若说从包里找到的勉强能读的书，大概只有《现代国语》的配套读物了。无奈，我只得将它拿出来，哗啦啦地翻动书页。我算不上那种读书系统、缜密的"读书家"，却是一个不读铅字就没法好好打发时间的人。不能枯坐着什么也不干，要么翻翻书，要么听听音乐，这类事情于我无论如何都是必需的。如果没有值得一读的书，就要拿起手边的印刷品来读，无论什么都行。电话本也行，电熨斗的使用说明书也行，总之得读点什么。和这类印刷品相比，《现代国语》的配套读本之类可谓是很不错的读物了。

　　我随便翻开一页，阅读收录在里面的小说或随笔。书里也选了几部外国作家的作品，不过大部分是日本近现代作家的，诸如芥川龙之介、谷崎润一郎、安部公房等名家名作。而每部作品——除了几个短篇，大部分都是精彩段落的节选——最后，总会设几个问题。这些问题往往都没有一星半点的意义。这里说的"没有意义的问题"，就是难以（或者根本没办法）从逻辑角度判断答案是否正确的问题。就连写这些作品的作者本人，也很难说能不能给出正确的判断。

　　比如"作者在这篇文章中，表现了怎样的战争观？"

或"作者这样描写月亮的圆缺，起到了怎样的象征作用？"等等。这类问题，如果想要回答，是怎样都能回答的。有关月亮圆缺的描写，不过就是有关月亮圆缺的描写，不起任何象征作用——即便是这样的回答，一定也没有人敢打包票说它就是错的。当然，在无数不同的回答中想必存在某种共通的"相对合理的回答"，但在文学层面，"相对合理"究竟是不是加分项，这一点有待商榷。

可尽管如此，为了打发时间，我还是在脑子里逐一构筑了这些问题的答案。并且多数时候，我的大脑——我那正以精神独立为目标，日日在成长路途中烦闷的大脑——里涌上来的答案无论如何都是"不算太合理，但绝不能算错"的那一种。这种思维习惯，说不定就是我的学习成绩一直平平无奇的原因之一。

在我干这些的时候，她哥哥回到了客厅。他的头发依然乱糟糟地四处翘着，但大概是因为吃过早饭的关系，已经不再是一副睡眼惺忪的样子了。他手中拿着一杯喝了一半的咖啡，那是一只白色的大马克杯，上面印有第一次世界大战中双翼战斗机的图案，战斗机的驾驶舱前装有两架机关枪。这大概是他专用的杯子吧，毕竟无论如何也没法想象我的女友用这样的杯子喝水。

"你真的不要咖啡吗？"他说。

我摇头："不用，没关系。真的。"

他毛衣的前胸位置挂着面包渣，卫裤的膝盖处也是。也许刚才饿得要命，于是拿起吐司大嚼特嚼，根本没顾及面包渣的事吧。我想，他的这一面一定也会惹我的女友嫌弃，因为她是永远都将自己拾掇得利利索索的少女。我相对来说也喜欢利落整洁，所以在这一点上，我们应该还算般配。

她哥哥往墙上看了看。这一次墙上确实有表，指针已经快要指向十一点半了。

"还是没回来啊。真是的，到底去哪儿了，干什么去了？"他说。

对此，我没发表任何意见。

"你看什么呢？"他指着我手中的书问。

"《现代国语》的配套读本。"

"唔。"他微微扭着脸问，"有意思吗？"

"其实没什么意思，但没有其他能看的了。"

"拿来给我看看。"

我隔着矮桌，将那本书递给他。他左手仍拿着杯子，右手接过书。我不由得担心咖啡是否会洒在书上，当时他的确有种要把咖啡洒上去的架势，但到底没有洒。他将杯子放在玻璃桌面上，弄出了很大动静，然后两手拿书，哗啦啦地翻动书页。

"所以你刚才在看哪一篇呢？"

"刚才看的是芥川的《齿轮》。不过书里收的不是全文，只有一部分。"

他思考了一下我说的话。"我没仔细看过《齿轮》欸，《河童》倒是很久以前就看过。《齿轮》好像是一个很阴暗的故事吧？"

"嗯，毕竟是临死前写的作品。"

"芥川是自杀的吧？"

"对。"我说。芥川三十五岁的时候服毒自杀，《齿轮》是昭和二年[1]，作者去世后发表的——配套读本的解说中这

---

[1]　一九二七年。

样写道。这部作品几乎类似于遗书。

"唔。"我女友的哥哥说,"你能不能给我读一段呢?"

我吃惊地望着他:"出声读吗?"

"是啊,我从小就喜欢有人读书给我听,自己看就不怎么能看进去。"

"可是,我不太擅长朗读啊。"

"咳,没关系,不擅长也没事,只要按照文字的顺序,出声读就行。反正我们现在应该也没有其他事可做。"

"这故事非常病态,挺丧气的呢。"我说。

"偶尔也想听听这类故事。俗话说得好,以毒攻毒嘛。"

他隔着桌子将书还给我,又拿起印有带德军十字标志的双翼战斗机的杯子,喝了一口咖啡,然后将身体深深陷进椅子里,等待我的朗读。

于是,那个星期天的早上,我给女友性格古怪的哥哥朗读了一段芥川龙之介的《齿轮》,虽然无可奈何,但还是带着几分热诚。我读的是最后的部分,题为"飞机"的那一段。配套读本里选了"红光"和"飞机"这两段,而我只读了其中的"飞机"。以页数来说，大概有八页。最后一行文字是："有没有人能在我沉睡的时候帮个忙，将我静静地绞死？"写完它，芥川便自杀了。

读完最后一行，还是没有任何一位家人回来。听不见电话铃响，也听不见乌鸦叫，周遭一片死寂。秋天的太阳隔着蕾丝窗帘，照得客厅亮堂堂的。唯有时间缓慢但切实地向前推进。女友的哥哥抱着胳膊，闭了一阵眼睛，像在回味我读完的文章的余韵。

我已经没力气继续写下去了。在这样的情绪中活着是一种无法言说的痛苦。有没有人能在我沉睡的时候帮个忙，将我静静地绞死？

不论个人喜好如何，至少可以肯定，它绝不是适合在晴朗的星期天早晨朗读的作品。我合上书本，望着墙上的时钟。十二点已经过了，时针往右偏了一些。

"可能我和她之前没沟通清楚，总之今天我还是回去吧。"说完，我从沙发上站起来。从小妈妈就不厌其烦地告诉我，不要在吃饭的时间给别人家添麻烦。这成了条件反射般的习惯，无论是好是坏，都已经深深写进了我的身体。

"咳，好不容易到这里来了，就再等个三十分钟怎么样？"她哥哥说，"要是三十分钟后她还没回来，你再走也不迟。"

他说这话时，嗓音中有一种奇妙的明朗，将本已起身的我再次按在沙发上。我的双手又放回膝头。

"你朗读的水平很不错嘛。"他的样子似乎很钦佩，"没有人和你这样说过吗？"

我摇头。迄今为止，还没有一个人说过我朗读得好。

"如果对内容没有很好的理解，是很难读成那样的啊。特别是结尾的地方很好。"

"唔。"我含混地应了一声，感到脸上有点发烧，像是被人错误地夸奖了不该被夸奖的地方，有种难言的尴尬。但从现场的氛围来看，我多半还要担起责任，再陪他聊上三十分钟。这个人此刻恐怕需要一个人陪他说话。

他像祈祷似的，将两只手掌在身前仔细地对在一起，然后突兀地向我发问："问你一个奇怪的问题，你有记忆中断的时候吗？"

"记忆中断？"

"嗯，也就是说，从某个时间点到下一个时间点之间，完全想不起来自己在哪里、做了什么。"

我摇摇头："我想没有过。"

"自己做过的事，全都按照时间顺序，记得分毫不差？"

"大概，如果是最近的事，基本上都能想起来。"

"唔。"他大剌剌地挠了挠后脑勺，然后说，"确实大多数人都是这样呢。"

我沉默着，等着他接下来的话。

"其实啊，我有好几次记忆完全不知道飞到哪儿去的经历。比如下午三点记忆突然中断，发现不对劲的时候已经晚上七点了，这四小时里，自己去了哪里，做了什么，好像一点儿也想不起来，而且也不是发生过什么特殊的事所致。比如在什么地方狠狠撞到了头，或者喝酒喝到烂醉如泥之类的，这些事全没有。我过着极为普通的平淡生活，记忆却忽然在某个时刻一下子消失，而且我无法预测这样的事什么时候发生，也不知道记忆消失的状态会持续几小时、几天。"

"欸——"我姑且给了个反应。

"这就好比用录音机录莫扎特的交响曲。重听磁带的时候，却发现第二乐章正中间开始到第三乐章正中间的那段音乐没了，演奏到一半完全消失了。说消失，也不是说那段时间就没有声音，而是哗啦一下跳过去了，就好像今天的下一天成了后天。讲到这儿，你能明白吗？"

"大概。"我含糊地回答。

"如果出问题的是音乐，虽说有点麻烦，也应该没什么实际的危害。但这种事要是发生在现实生活里，可就相当危险了……我这样说，你能明白吗？"

我点头。

"就像走到月亮的另一面，又两手空空地回来。"

我再次点头，尽管根本不明白他打的这个比方是什么意思。

"听说这是一种遗传病导致的，反应像我这么明显的病例很罕见，尽管程度多少会有差别，但大概几万人中只有一个人生来就会这样。初三的时候，我去看过大学医院精神科的医生，是老妈带我去的。这病还有一个正式的名字，很长，像是为了恶搞特意取的，老早以前我就记不住了。也不知道是什么人想出来的。"

讲到这里，他顿了顿，又开口道：

"反正就是一种记忆顺序混乱的疾病，记忆的一部分——用刚才的比喻就是莫扎特交响曲的一部分——被放进了错误的抽屉里。一旦进了错误的抽屉，想要将它找出来就变得无比困难了，或者说，基本上没有可能。医生就是这样向我解释的。虽然不是什么残酷的疾病，不会威胁到性命，脑子也不会越来越不正常，但在日常生活中的确有些不方便。于是他告诉我那个被我忘了的病名，开了点儿每天喝的药。但那能管个屁用呢？不过是心理安慰罢了。"

说到这里，女友的哥哥停顿了一下，定定地望着我的脸，像是在确认我有没有理解他说的话。那样子就像隔着窗子偷窥别人的家。接下来他说：

"现在那种情况大概每年会发生一两次，倒不算很频繁。不过呢，问题不在次数上，而是它发生的时候给实际生活带来的具体影响。哪怕只是偶尔，对本人来说也很难办。毕竟记忆缺失实际发生在自己身上，自己还不知道什么时候发生。这个你也明白吧？"

"嗯。"我含糊地应付着。能把他连珠炮般诉说的奇妙经历听进去，对我来说已经很不容易了。

"比如那种情况发生的时候，也就是记忆唰的一下中断的时间里，如果我举起巨大的铁锤，照着某个看不顺眼的家伙脑袋上用力捶下去，之后的事可就不是一句'这下难办了'就能解决的吧。"

"是啊。"

"肯定要闹到警察那里，到时就算我解释说'其实当时我的记忆飞走啦'，也绝不会有人相信。"

我敷衍地点头。

"实际上也确实有几个家伙我看不顺眼，还有几个人惹恼过我。比如我老爸，他就是其中之一啊。但清醒的时候，我肯定不会用铁锤敲老爸的脑袋，这点理智到底还是有的。但是记忆中断的时候我究竟会做什么，这连我自己也不清楚啊。"

　　我微微歪头，没有发表见解。

　　"医生说是没有这种风险的，也就是记忆消失的那段时间里，不会有谁侵占我的人格。那叫多重人格吗？像杰基尔医生和海德先生[1]那样。我永远是我。就算是在记忆消失的那段时间里，我也依然是我，像往常一样做着普普通通的事。只不过是录下来的音乐从第二乐章的中间嗖地跳到第三乐章中间而已。所以我在那段时间里挥起铁锤砸谁之类的事，根本就不可能发生。我作为我，如常地保有理智，大抵依靠常识行动。莫扎特不可能在某一时刻突然变身，成为斯特拉文斯基。莫扎特从始至终都是莫扎特，只不过从结果来看，他的一部分被混乱地装进了某个地方的抽屉罢了。"

　　说到这里，他停下来，又从印有双翼战斗机的杯子里

---

[1]　指英国作家罗伯特·路易斯·史蒂文森创作的小说《化身博士》，又译《杰基尔医生和海德先生》。书中杰基尔医生喝下自己配置的药剂，分离出两种人格。他平时作为善良的医生帮助他人，暗地里则化身邪恶的海德先生，无恶不作。

喝了一口咖啡。老实说，我也想喝一口。

"不过呢，这到底是医生的一面之词，没人知道医生的话有多少是可信的。高中时候的我成天都很担心自己有没有在浑然不觉的时候，用铁锤狠狠砸了班上哪个人的脑袋。上高中那会儿，即便没有这回事添乱，我们不是也常常搞不懂自己吗？就像活在地下管道里一样。如果再被记忆丧失之类棘手的玩意儿缠上，可就很难善了了，对吧？"

我默默点头。或许确实如此。

"出于这些杂七杂八的原因，我就不怎么去学校了。"女友的哥哥继续说，"越想越觉得自己可怕，就去不了学校了。于是，老妈向老师说明了我的特殊情况，虽然出勤天数差得很远，学校最后还是特事特办，允许我毕业。他们肯定也希望趁早把我这样的问题学生赶走吧。不过大学就没进去。我的成绩并不坏，原想着能读个什么大学的，但那时候还是没有信心离开家人自己过啊。所以自那以后，就一直这么在家里懒洋洋地闷着了。几乎没出过门，顶多是牵着狗在家附近散个步。不过啊，最近那种恐惧的情绪似乎渐渐好了一些。等心情再平稳点儿，说不定也会去读个大学什么的……"

讲完这些，他不再开口。我也沉默无言，因为不知道该说什么、该怎么说才好。我似乎明白了女友为何不太愿意对我提起自己的哥哥。

他说："谢谢你为我读书。《齿轮》相当不错。虽然是阴暗了些，但是有不少句子写到了人心里。你真的不喝咖啡吗？很快就能做好的。"

"不，真的不用了。我也差不多该走了。"

他又看了看墙上的表："等到十二点半，如果谁都不回来，你就回去。我在二楼的房间待着，到时候你自己回去就好，不用在意我。"

我点头。

"和小夜子交往，有趣吗？"女友的哥哥再一次问我这个问题。

我点头："有趣。"

"哪里有趣？"

"她有许多我不了解的地方。"我回答。我想这是相当诚实的回答。

"唔。"他像是深思熟虑地说,"是啊,也许确实如此。那孩子是和我血脉相连的妹妹,也和我分享了相同的遗传基因,而且我们自出生到现在,一直住在一个屋檐下。可即使如此,她还是有好多地方让我搞不懂啊。怎么说呢,我是搞不懂她这个人的内里构造啦。所以,如果可能的话,还希望你能替我理解她。不过,说不定其中也有些不明白为好的东西。"

他手拿咖啡杯,从椅子上站起来。

"总之,祝你顺利!"女友的哥哥说。接着,他轻飘飘地挥了挥那只没拿咖啡杯的手,走出房间。

"谢谢。"我说。

时针走到十二点半,仍然不见任何人回来,我便独自走到门口,穿上运动鞋出了她家的门。接着路过松树林,一路走到车站,坐上驶来的电车回到自己家。那是秋天里一个安静得不可思议的周日午后。

两点后,女友打来电话。"我们约好的不是下周的星期天来接我吗?"她说。尽管我还是不太能接受,但她如此笃定，那也许就是吧。可能是我不小心记错了。对于记错了日子，提前一周去她家门口等她的事，我老实地道了歉。

不过，在她家等她回来时，我和她哥哥的对话——说是对话，但基本上都是我在听他说话——我刻意没提。没提我读了芥川龙之介的《齿轮》给他听，也没提他亲口告诉我他患有记忆偶尔丧失的疾病。我觉得还是先不提为好。而且还有一种类似直觉的东西告诉我，女友的哥哥大概也没有和她提起这件事。既然他还没对妹妹提起，我多半也没必要对她讲。

我和女友的哥哥再次见面，大概是十八年后的事了。那是十月中旬，彼时我已经三十五岁，和妻子两人在东京生活。我从东京的大学毕业后，直接在那里安顿了下来，工作也日渐繁忙，几乎不怎么回神户了。

那天黄昏前，我走在涩谷的坡道上，去取一只送修的手表。我一面走，一面呆呆地想着心事，这时，一个擦肩而过的男人从背后叫住了我。

"那个，不好意思……"他说。毫无疑问是关西[1]口音。我停下脚步，转过身，对面的男人我似乎没见过。他可能大我几岁，个子也比我高一些，厚重的灰色粗花呢大衣里面，套着米色的山羊绒圆领毛衣，下身穿一条褐色的奇诺裤。头发剃得很短，体格健硕，好像运动员一般，皮肤晒得黝黑（像是打高尔夫晒的），面相有些粗犷，但整体来说容貌端正，说帅气大概也没什么问题。整个人散发出生活大致富足的气场，成长环境想必也不错。

"我想不起您的名字了，不过，您应该是我妹妹以前的男朋友吧？"他说。

我再度盯住他的脸，可仍然对那张脸毫无印象。

"您妹妹？"

"小夜子。"他说，"没记错的话，高中的时候你们应该是同班同学。"

这时，我注意到他米色毛衣的胸口位置沾着一团小小的污渍，像是番茄酱汁。他的打扮十分干净利落，唯有毛

---

[1]　日本地域划分之一。大阪、京都、神户等大城市均属于关西地区。

衣上的那团污渍，在我看来很是突兀。于是，我猛地想起那位二十一岁的年轻人，他穿一件领口松松垮垮的深蓝色毛衣，睡眼惺忪，挂在胸前的面包渣十分显眼。看来这类习惯或癖好之顽固，是任由时光流逝也很难改掉的。

"想起来了，"我说，"你是小夜子的哥哥，我去府上叨扰过一次。"

"是啊，你为我读了芥川的《齿轮》。"

我笑了："不过真没想到你能在这人山人海中认出我呢。我们只见过一次，那也是很久以前的事了。"

"我呀，不知道是怎么回事，只要见过一次就不会忘记对方的脸，对这类事情的记性从小就好。更何况，从那时到现在，你几乎没怎么变嘛。"

"你好像变化很大啊。"我说，"似乎和以前给人的印象不一样了。"

"咳，经历了不少，"他笑着说，"你也知道，有段时间，我过得相当坎坷。"

"小夜子现在怎么样？"我问。

他将目光移向一边，露出一丝为难的神色，慢慢地深吸一口气，又将它呼出，仿佛在测量周围空气的密度。

　　"站在这么热闹的马路中间聊天有点不妥，我们找个地方坐下来聊聊吧？如果你没有急事的话。"他说。我答说没什么急事。

　　"小夜子不在了。"他静静地开口道。我们来到附近的一家咖啡厅，相隔一张塑料桌对坐。

　　"不在了？"

　　"她死了，三年前。"

　　相当长的一段时间里，我哑口无言。舌头仿佛在我口中渐渐膨胀，越来越大。我努力想咽下口中积攒的唾沫，却无法顺畅地完成这个动作。

　　最后一次见小夜子时，她二十岁，刚刚考下驾照不久。开一辆硬顶的丰田皇冠（那是她父亲的车），把我带到六甲山上。她的车开得还不太熟练，但握着方向盘的样子仿佛非常幸福。车载收音机里放的又是披头士的歌，这个我记得一清二楚。那首歌是《你好，再见》。"你说再见，我说你好"。前面也说了，那时候披头士的音乐就像无缝衔接的壁纸般包笼着我们。

她竟然死了，化为一捧灰烬，如今已经不存在于这个世界的任何地方。我实在无法接受这个事实。该怎么说呢，这对我来说，太不真实了。

"死了，怎么会？"我的声音干哑。

"是自杀的。"他小心地选择合适的词语，"二十六岁的时候，她和财产保险公司的同事结婚，生了两个孩子，但后来自我了断了。那时她才三十二岁。"

"抛下孩子？"

我女友的哥哥点头："大的是个男孩，小的是女孩。她走后，由丈夫照看孩子。我时不时地也去看看孩子们，是两个挺好的小孩。"

我还是无论如何也无法接受这一事实。她，那个曾是我女朋友的人，怎么可能留下两个年幼的孩子自杀？

"到底为什么呢？"

他摇摇头："这个嘛，谁也不清楚原因。那段时间，看不出她有什么特别烦恼、失落或其他类似的情绪。身体也健康，夫妻关系应该也不差，还很疼孩子。而且，她没留下任何类似遗书的东西。她把医生开的安眠药攒在一起，一次性默默吃掉了。所以应该是有计划的自杀。她是打定主意要死，花了大概半年的时间，一点点把药攒齐，不是临时起意。"

我沉默了很久。他也沉默着。我们沉浸在各自的思绪中。

那天，我和女友在六甲山上某座酒店的咖啡厅里分了手。考上东京的大学后，我喜欢上那边的一个女孩。我毅然决然地将这件事挑明后，她几乎什么都没说便抱着手包离席，快步走出咖啡厅，头也不回。

于是，我只好乘缆车独自下山。她应该已经开着那辆白色的丰田皇冠回家了。那是一个晴朗得不得了的好天气，从缆车的窗户里，可以清清楚楚、一览无余地俯瞰神户的街市，风景优美至极。不过，它已经不是那座平日里我司空见惯的街市了。

那是我最后一次见到小夜子。原来在那以后，她读了大学，在某家大型财产保险公司就职，和公司同事结婚，生下两个孩子，不久后服下攒好的安眠药，结束了自己的生命。

我知道自己迟早是会和她分手的。尽管如此，回忆起和她一同度过的那几年，我依然充满眷恋。她是我的第一个女朋友，我喜欢过她。让我（大致）明白女人的身体是怎么一回事的，也是她。我们一起经历过许多新鲜的事，共同分享了恐怕只有十几岁时才能体验的美妙时光。

虽然事到如今再提起这些令人伤感，但她终究未曾摇响我耳朵深处那只特别的铃铛。我竖起耳朵努力聆听，但终究没能听见，这着实令人遗憾。不过，我在东京邂逅的一位女子，清楚明白地摇响了那铃铛。这种事无法依循伦理道德灵活操作，它存在于意识或灵魂的最深处，发生或不发生全凭它意，个人之力无法将其动摇。

"我啊，"女友的哥哥说，"以前从来没想过小夜子会自杀。我一直低估了这种可能，觉得哪怕世界上的所有人都自杀了，那家伙也会好好地活下去。我怎么也不相信，她是那种独自扛下一切幻灭感或负面情绪的人。说实话，我以前一直以为她是个肤浅的女人，从小到大就没怎么在意过她，她对我的感情大概也类似。我们之间大概是无法很好地心灵相通吧……我和更小的那个妹妹相处得倒是更好一些。不过呢，事到如今，我还是打心眼儿里后悔，觉得自己对不起她。可能我是不了解她，可能我对她一无所知。可能我那个时候满脑子想的都是自己。可能以我这么一个人的力量，怎么也救不了她的命。但总归是该去试着理解的，理解那个将她引向死亡的东西。事到如今，这件事令我非常痛苦。想起自己的傲慢和任性，我就心痛难耐。"

我找不到任何话可说。我以前可能也对她没有一丝一毫的理解，和她哥哥一样，一定满脑子想的都是自己。

女友的哥哥说："你当时给我读的芥川的《齿轮》里有一段内容，讲飞行员一直呼吸高空的空气，就渐渐不适应地面的空气了……对吧？就是所谓的'飞行病'。不知道到底有没有这种病，可那篇文章我至今仍然记得呢。"

"那么，记忆会飞走的那种病，已经好了吗？"我试探着问他，主要是为了将话题从小夜子身上转移开。

"哦，那个啊。"女友的哥哥微微眯起眼睛，"说来也怪，那个病在某个时候突然就消失了。医生说过，那是遗传疾病，只可能随着时间的推移逐渐恶化，想要治愈是不可能的。可是它毫无预兆地、突然就痊愈了，就像附体的邪祟退去了一样。"

"那真是太好了。"我说。我是真心这样认为。

"就在和你见面聊天后不久吧，从那以后再也没有丧失过记忆。心情也渐渐平稳下来，平安无事地上了一个说得过去的大学，平安无事地毕业，接着继承了父亲的事业。的确像是绕了几年的弯路，不过现在总算是和普通人没两样了。"

"那真是太好了。"我重复道，"看来到最后，也没有抡起铁锤狠狠砸在你父亲头上。"

"你也一样，净是记那些没用的。"他扬声大笑，"不过，我偶然因为工作来东京，竟然能在这么大的城市里凑巧和你擦肩而过，真是太不可思议了。我只能认为，这是冥冥中的某种安排。"

"的确。"我回答。

"那么，你过得怎么样？一直住在东京吗？"

我说大学毕业后很快就结了婚，然后一直住在东京，现在姑且算是靠写作谋生。

"写东西的啊？"

"嗯，算是吧。"

"是吗？唔，说起来，你的朗读真是很棒呢。"他若有所思地说，"还有，我不想给你增添负担，但如果让我谈谈自己的看法，我觉得，小夜子最喜欢的人就是你。"

我什么也没说。女友的哥哥也什么都没有再说。

我们就这样道别。我去取回送修的手表，前女友的哥哥慢悠悠地走下缓坡，往涩谷站去了。身着粗花呢大衣的背影逐渐被午后的人群淹没。

那是我和他最后一次见面。我们在偶然的牵引下见过彼此两次，隔着将近二十年的岁月，在距离六百多千米的两条街上。我们隔桌而坐，喝着咖啡，讲了几句话。那不是普通的闲谈，其中含有某种暗示——某种类似于人活于世的意义之类的暗示。但追根究底，这暗示不过是在偶然之间凑巧发生的。除此之外，再没有别的什么要素能将我们两人密切地联系在一起。

提问：两人的两次见面与对话，通过象征手法暗示了他们人生中的哪些要素？

后来，我再也没有见过那位抱着《和披头士一起》LP的美丽少女。她是否仍在一九六四年的那条昏暗的高中走廊里，裙裾翻飞地走着？仍然十六岁，仍然将那张印有约翰、保罗、乔治、林戈半明半暗肖像的漂亮封套郑重其事地抱在胸前。

《养乐多燕子队诗集》
「ヤクルト・スワローズ詩集」

119

　　首先我想声明，我喜欢棒球，而且喜欢亲自到棒球场去，看比赛的实况在眼前展开。我头戴棒球帽，还会拿上棒球手套——以备在内场席看比赛时接住界外高飞球，在外场席看比赛时接住本垒打。我不太喜欢在电视机前看棒球转播，总觉得在电视上看比赛，会错过什么最重要的东西。如果用做爱来形容……不，还是算了吧。总之，我确实觉得在电视屏幕上看棒球，会错过某些令人欢欣鼓舞的东西。不过，真要让我逐条解释其中的理由，我也不知道该怎么写。

　　具体来说，我是养乐多燕子队的球迷。虽然没有狂热到愿意为他们献出一切的地步，但足够称得上忠实，光是支持这支队伍的时间之长就足以说明问题。从它还叫产经原子队的时候，我就频繁地出入神宫球场，还曾经为了看他们的比赛住在球场附近。实话说，现在也是如此。能徒步走到神宫球场，是我在东京寻找住处时看重的条件之一。当然了，我还收藏了好几种队服和棒球帽。

从过去到现在，神宫一直是一座谦逊的球场，踏实稳健，不向外界标榜它招揽客人的能力。若容我用更直接的词语形容，那么它长年都是冷冷清清的。到了球场门口却因满座而无法进场这样的事，只要不遇上特殊情况便不会发生。我指的"特殊情况"，概率大概就和晚上在户外散步时偶然逢到月食，或者在附近的公园遇见一只脾气好的三花公猫差不多。说实话，这样稀疏的人口密度我还是很中意的。毕竟从孩提时代起，我无论做什么，都不太喜欢身处混乱的环境。

话虽如此，我自然不可能只是因为球场多数时候冷冷清清就成了养乐多燕子队的球迷。要是那样的话，养乐多燕子队岂不是太可怜了吗？凄惨的养乐多燕子队，凄惨的神宫球场。大多数时候，客场队伍的应援席总是先坐满。

这样的棒球场，恐怕找遍全世界也没有第二座吧。

那么，我为什么会成为这样一支球队的球迷呢？我到底走过了怎样漫长而曲折的路途，才成为养乐多燕子队和神宫球场的长年支持者？我究竟穿越了什么样的宇宙，才将那样一颗遥远而暗淡的星星——光是在夜空中找到它的位置，就要比找到其他星星花去更多时间——当作自己的守护星？说起这个，话就长了。不过借此机会，我就多少讲一讲吧，说不定这篇文字能成为我这个人简单的传记呢。

我生在京都，但出生不久便搬到阪神间[1]，十八岁之前一直在夙川和芦屋那一带生活。平时一有空就骑上自行车，或是坐上阪神电车，去甲子园球场看比赛。读小学的时候自然也加入了"阪神老虎球友会"（不加入的话在学校会受欺负）。不管别人怎么说，甲子园在我心中是日本最美的球场。紧攥着入场券，走进爬山虎环绕的大门，快步攀

---

[1]　大阪府大阪市和兵库县神户市这两大城市之间的区域，主要为兵库县东南部地区。

上灰暗的水泥台阶。外场的天然草坪跳入眼界时，少年的我唐突地站在那片鲜艳的绿色海洋前，心中怦然震响，好像有一群充满活力的小人，用我瘦弱的肋骨练习蹦极。

球场上练习防守的选手们身上一尘不染的球服，纯白耀眼的棒球，球棒正中球心时幸福的嗡鸣，卖啤酒的孩子脆生生的吆喝，临开场前归零的得分牌——一切的一切无不预示着一场好戏即将拉开帷幕，欢声、叹息、怒吼已悉数备齐。没错，如此这般，在我心中，看棒球和去球场已然完美地合而为一，毫无置疑的余地。

因此，十八岁离开阪神间去东京上大学的时候，我几乎将去神宫球场给产经原子队加油看作一种必然。在离住处最近的球场支持它的主场队伍——对我而言，这是观战棒球最正确的方式。尽管若是只论距离，后乐园球场其实比神宫球场离我更近一点点……不过，这怎么行呢，做人还是应该有需要守护的原则。

那是一九六八年的事。民谣十字军的《归来的醉鬼》广为流传，马丁·路德·金和罗伯特·肯尼迪遭暗杀，国际反战日那天，学生们占领了新宿站。这样罗列起来，过去竟已像古代史般遥远……总之，我就是在那一年下定决心："好了，今后就支持产经原子队吧！"也许是被宿命、星座、血型、预言或者诅咒之类的东西指引。如果现在你手里真的有一张类似历史年表的东西，希望你在它的一角用小字加上这样一句话："一九六八年，村上春树成为产经原子队的球迷。"

我敢向世上的所有神明发誓，当年的产经原子队真是弱得一塌糊涂，没有一位明星选手，球队也是肉眼可见地穷酸，除了和巨人队对战，场上的观众永远稀稀落落的。如果允许我用老套的词语来形容，那简直就是空有杜鹃叫[1]。当时我的确经常这样想，球队的吉祥物不要用铁臂阿童木了，干脆用杜鹃鸟吧。虽然我并不知道杜鹃鸟长什么模样。

那时，川上教练指导的常胜巨人军团正处于全盛时期，后乐园球场场场爆满。《读卖新闻》用后乐园球场的入场券做噱头，报纸卖得热火朝天。王和长岛[2]毫无疑问成了

---

[1]　日本俗语。因杜鹃鸟叫声有孤寂之感，故日本人在形容门庭冷落时会说"空有杜鹃叫"。

[2]　王贞治和长岛茂雄。二人都是读卖巨人队的核心选手。

国民英雄。走在街上，擦肩而过的孩子个个得意扬扬地戴着巨人队的球帽，戴产经原子队球帽的孩子可是一个也看不见。也许这群勇猛的少年都偷偷摸摸地走在小巷里吧。蹑手蹑脚地，从屋檐下走过。唉，究竟哪里才有所谓的正义呢？

不过我一有空闲（应该说，当时的我基本随时都有空闲）就去神宫球场，一个人默默地给产经原子队加油鼓劲。虽说他们输球的次数比赢球多了太多（大概三次里有两次都会输），但我还年轻，躺在外场的草坪上，边喝啤酒边观战，时不时漫无目的地看看天空，就觉得很幸福了。队伍偶尔赢球，我便乐在其中；输的时候，我就想着"咳，这就是人生，习惯失败也很重要"。那时神宫球场的外场还没有座位，只有一斜坡蔫头耷脑的草坪。我在草坪上铺好报纸（当然是《产经运动新闻》），随心所欲地或坐或躺。赶上下雨天，地面自然是泥泞不堪。

一九七八年，球队第一次夺冠的那年，我住在千驮谷，走上十分钟就能到神宫球场，所以我一有时间就会去看比赛。那一年，产经原子队（当时都已经改名为养乐多燕子队了）建队二十九年来第一次获得联盟冠军。队伍乘胜追击，又制霸了职业棒球日本锦标系列赛。那真是充满奇迹的一年。也是在那年，同样二十九岁的我终于写出了第一篇勉强算小说的东西，名叫《且听风吟》，获得了群像新人奖。自那以后，人们好歹开始叫我小说家了。这样的巧合当然不过是种偶然，可我还是不由自主地从中感受到微妙的缘分。

但这是很久以后的事了。在此之前，从一九六八年到一九七七年这十年，我连续目睹了次数庞大到几乎是天文数字（从情绪上说）的败北。换句话说，我已经渐渐习惯了这个"今天又输了"的世道，就像潜水员小心谨慎地花时间让身体适应水压。没错，和获胜相比，人生中失败的次数往往更多。而真正的人生智慧，不是掌握"如何胜过对方"，而是学会"如何输得漂亮"。

"养乐多燕子队教会我们的，你们永远也理解不了！"那时，我常常冲着读卖巨人队的应援席大喊（当然，是不出声的呐喊）。

那段暗淡的岁月宛如穿越漫长的隧道，我独自坐在神宫球场的外场席，一边看比赛，一边在本子上写下诗一类的东西打发时间。以棒球为题材的诗。棒球和足球不同，是一种相当悠闲的竞赛，一球和下一球有一些间隔，即使把目光从球场上移开一会儿，用圆珠笔在纸上写写字，也不会错过决出胜负的瞬间。而且我写这些东西的场次，基本都是一个劲儿换投手的那种无聊的输球比赛（唉，可见这样的比赛有多寻常）。

顺带一提，下面这首是诗集里收的第一首诗。这首诗有短的和长的两个版本，这是长的那一版，后来又稍微做过加工。

右外场手

那个五月的下午，你
守着神宫球场的右外场。
产经原子队的右外场手。

这是你的职业。

我在右外场席的后方

喝着温乎的啤酒。

一如往常。

对方的击球手打出一记右外场高飞球。

一记好接的臭球。

飞得老高，速度也不快。

风也停了。

阳光也不晒。

手到擒来。

你双手轻轻举高

向前三米左右。

OK。

我喝一口啤酒，

坐等球掉落。

球

仿佛用尺精准地量过

稳稳落在你背后三米开外。

仿佛木槌轻轻敲响宇宙的边沿

发出干燥的，啪嗒一声响。

我想

为什么我会

支持这样一支队伍啊。

或许这才是

庞大如宇宙的谜吧。

　　这到底能不能算诗，我并不清楚。如果说它是诗，真正的诗人恐怕会生气的。没准儿恨不得抓住我，把我挂在附近的电线杆上。若真被这样对待，可相当教人头疼。既然如此，该叫它什么才好呢？若有人想到合适的称呼，请告诉我。总之，我决定姑且先说它是诗。后来我把这些诗收在一起，出了一本名为《养乐多燕子队诗集》的书。诗人们要是想生气，就随便生气去吧。出版诗集是一九八二年的事，就在我写完长篇小说《寻羊冒险记》前不久。当时作为小说家出道（虽然还不成熟）已经过了三年。

　　聪明的大型出版社自然不会对出版这种东西表露半

分兴趣，所以我几乎是以半自费出版的形式出的这本诗集。多亏朋友开了一家印刷厂，才用很便宜的价格印了出来。装帧朴素、带编号的五百本书，我全部用签字笔仔细地签上名字。村上春树，村上春树，村上春树……但和我想象的一样，几乎没有人把这本诗集当回事。愿意出钱买这种书的人，想必也是闲到一定地步了。实际卖出去的顶多三百本，剩下的都当作纪念，送给朋友或熟人了。如今它已经成了贵重的收藏品，价格高得惊人。这个世界简直让人搞不懂。我手头也只剩下两本，早知道当时多留几本，就能发财了。

※

父亲去世时，我和三位兄弟在葬礼后喝了不少啤酒，其中两人是堂的（年龄和我相仿），还有一人是表的（好像比我小十五岁）。我们四个喝啤酒喝到半夜，除了啤酒，别的什么都不喝。下酒菜也完全没有，只是没完没了地喝下去。那还是我第一次喝那么多啤酒，麒麟啤酒的大空瓶摆在桌上，总共有二十瓶左右，我们的膀胱竟然没什么事。而且在这场酒局中间，我还在殡葬场附近发现了一家爵士乐酒吧，喝了好几杯双份的加冰四玫瑰。

为什么那天晚上会喝掉那么多的酒呢？我自己也不是很清楚。当时并没觉得特别悲伤或空虚，也没有什么格外深刻的感受。但总之那一天，无论喝多少都丝毫不觉得醉，第二天也没有宿醉。早上醒来的时候，大脑比平时还要清醒。

我的父亲是阪神老虎队的铁杆粉丝。小时候，每当阪神老虎队输掉比赛，父亲都很不高兴，连脸色都会变。喝酒后，这种倾向更为明显。因此，阪神老虎队输球的晚上，我总提心吊胆，尽量不去触碰他的逆鳞。我没成为阪神老虎队的热心球迷，或者说是没能成为，也许与这一点有关。

我和父亲的关系，不能说多么和睦。这已经是很客气的说法了。其中自然有这样那样的理由，但直到他人生的帷幕在九十岁时因多处转移的癌症和严重的糖尿病即将落下的前一刻，我和父亲足有二十多年，几乎没有说过一句话。说这样的关系"和睦"，无论从哪个角度来看，必然都十分勉强。尽管最后我们达成了微不足道的和解，但说那是和解，又有些太迟了。

不过，我们之间当然也有很精彩的回忆。

九岁那年秋天，圣路易斯红雀队来到日本，和日本国家队进行了友谊赛。那是伟大球员斯坦·穆休的全盛时期，和他对垒的是日本队的王牌稻尾和杉浦。那是一场多么精彩的决战啊。我和父亲两人去甲子园球场观战，坐在一垒侧内场席的前方。比赛开始前，红雀队的选手们绕球场一周，将签好名的软式网球扔到观众席上。人们起立欢呼，争着抢签名球。我坐在位子上，呆呆地望着那场面，反正年幼的我是不可能抢到签名球的。但下一个瞬间，回过神来，球已经在我腿上了。是偶然落到我腿上的，简直如同天启。

"真是太棒啦。"父亲对我说。语气中仿佛带着一半惊愕，还有一半叹服。如此说来，我三十岁作为小说家出道时，父亲也说了差不多同样的话。语气中似有一半惊愕，还有一半叹服。

那恐怕是少年时代发生在我身上最辉煌的经历之一

了，多半也是受到祝福最多的一次。我会爱上棒球场，说不定也与这件事有关。我当然把那只掉在腿上的白球小心翼翼地带回了家，不过记忆也就到此为止。那只球后来怎么样了？它到底被我塞到哪里去了呢？

※

我的《养乐多燕子队诗集》中还收录了这样一首诗。也许是三原教练指导球队的那段时间写的吧。不知道为什么，这一时期的燕子队在我心中印象最是鲜明，最是让我怀念。每次去球场，都好像会有什么有趣的事发生，让我兴奋不已。

鸟影

那是初夏午后的日场比赛。
第八局的上半局，
燕子队一比九（好像是吧）输着。

连名字都没听过的第六位（好像是吧）投手

正练习投球。

就在此时，

一羽鸟影清晰地

在绿色草坪上飞掠而过，

从神官球场的一垒

到中外场的防守位置。

我抬头望天，

但看不到鸟。

阳光过于刺眼。

我看到的，只有落在草坪上

黑色剪纸般的影子。

影子是鸟的形状。

这究竟是吉兆，

还是凶兆，

我认真思考。

不过马上摇摇头。

喂，算啦，

这里能有什么吉兆呢？

※

母亲的记忆愈发模糊，独居渐渐令人放不下心。为了收拾她的住处，我回了一趟关西。看到壁橱里塞满了数量庞大的破烂儿——那些东西我只能认为是破烂儿——不由得呆在当场。她买的净是莫名其妙的杂物，数量多到常人根本难以想象。

比如一个大点心盒子里塞了满满当当的卡片。大部分是电话卡，阪神、阪急电车的预付卡也混在其中。每张卡片上都印有阪神老虎队球员的照片，金本、今冈、矢野、赤星、藤川……电话卡？真是够呛，这年月到底该去哪儿用电话卡呢？

我没有一张张地去数，但卡片总数恐怕超过了一百张。我完全理解不了。据我所知，母亲对棒球什么的应该没有一丁点兴趣。可这些卡片明摆着是她买回来的，有确切的证据可以证明。莫非她在我不知道的时候，因为某些机缘巧合，成了阪神老虎队的忠实球迷？可是她坚决否认自己曾大量购买过阪神老虎队球员的电话卡。"瞎说什么呀，我怎么可能会买这种东西嘛。"她说，"问问你爸，他可能知道是怎么回事。"

她这样说我也很为难，因为父亲三年前就去世了。

于是，尽管我随身带着手机，还是辛辛苦苦地到处找公共电话，勤勤恳恳地将阪神老虎队的电话卡用了个遍。托这件事的福，我也熟悉了阪神老虎队球员的名字。他们之中的大部分人如今已经隐退，或者转到了其他队。

阪神老虎队。

阪神老虎队曾有一位名叫迈克·莱茵巴赫的外场手，性格活泼，我对他蛮有好感。在我写的一首诗中，他以所谓的配角身份出场。莱茵巴赫和我同一年生人，一九八九年在美国因车祸身亡。一九八九年，我在罗马生活，正在写长篇小说。所以很长一段时间里，我都不知道莱茵巴赫三十九岁便英年早逝。意大利的报纸当然不会报道阪神老虎队前外场手的死讯。

我写的是这样一首诗。

外场手的屁股

我喜欢看外场手的屁股。

或者说，独自一人在外场席看

败局已定的冗长比赛时，

除了静静端详外场手的屁股，

哪里还有乐趣可言呢？

如果有，请你告诉我。

所以

如果要谈外场手的屁股，

我能讲上一整夜。

燕子队的中外场手

约翰·斯科特*的屁股

美得超越了一切标准。

腿长得不像话，屁股仿佛

飘在半空。

如同激动人心的大胆隐喻。

与之相比，左外场手

若松的腿短得出奇，

两人若是站成一排，

斯科特的屁股大概和

若松的下巴一样高。

阪神队莱茵巴赫^{**}的屁股

肌肉匀称，让人有天然的好感。

仿佛光是远望，

就令人心服口服。

广岛鲤鱼队的沙恩^{***}

屁股隐约有种深思熟虑的知性美。

也许该说是自省之美吧。

人们应该叫他的全名

"沙因布卢姆"的。

哪怕只是为了向他的屁股致敬。

那么，屁股不够漂亮的

外场手的名字——

几乎要脱口而出了——还是

不提了吧。

毕竟他们也有母亲、兄弟、妻子

或者孩子嘛。

*约翰·斯科特:一九七九年至一九八一年任养乐多燕子队的外场手,惹人注目。曾在一日双赛的情况下打出四支本垒打,两次获钻石手套奖。

**迈克·莱茵巴赫:一九七六年至一九八〇年任阪神老虎队的右外场手。还和哈尔·布里登一样是能一棒清垒的击球手。他在比赛中总是热情洋溢,受人喜欢。

***理查德·艾伦·沙因布卢姆:一九七五年至一九七六年在广岛鲤鱼队任外场手,曾在美国职业棒球大联盟中参加全明星赛。名字很长,所以简称"沙恩"。他说:"这么叫倒也无所谓,虽然我不会骑马。"[1]

---

[1] 日语中"沙因"与"沙恩"发音相同。"沙恩"是著名的美国电影《原野奇侠》中擅长骑马的主角的名字。

※

　曾有一次，我作为养乐多燕子队的球迷，在甲子园球场的外场席观战阪神老虎队与养乐多燕子队的比赛。那次我独自去神户处理事务，午后的时间彻底空了出来。我从阪神三宫站的站台上贴的海报了解到，那天正巧在甲子园球场有日间比赛，一转念就想到"有了，就去好久没去过的甲子园看看吧"。想来我已经三十多年没有去过那座球场了。

　当时燕子队的教练是野村克也，那是古田、池山、宫本、稻叶在场上活力四射的年代（回忆起来，那真是一个幸福的年代）。所以，这首诗自然没有收录在原版的《养乐多燕子队诗集》中。它是在诗集出版后很久才写的。

　看比赛时我身上没带纸笔，从球场回到旅馆的房间后，我立刻坐在桌前，用旅馆准备的便笺记下了这首诗（一类的东西）。说它是凑巧以诗的形式写下的备忘可能更合适些。我桌子的抽屉里，堆着许多形式各异的备忘或文章的片段。即使这些东西几乎没有任何实际用处，我仍然保存着它们。

海流中的岛屿

那个夏日的午后，

我在甲子园球场的左外场席

寻找养乐多燕子队的应援席。

花了一番功夫

才找到位置。因为这片区域

大概只有

五米见方。

周围全都是

阪神老虎队的粉丝。

我想起约翰·福特导演的电影

《要塞风云》。

顽固不化的亨利·方达率领的

一小支骑兵队，被席卷大地的

印第安大军包围。

穷途末路之际，

好像滚滚海潮中的小岛，

正中央立起一面勇敢的旗。

说起来，读小学时，就在这座球场，这个外场席，

我见过还是高中生的王贞治。

早稻田实业高中优胜的那年春天，

他是四号击球手，队伍的王牌。

记忆澄澈得不可思议，

就好像从望远镜的另一端往回看。

这么远，那么近。

而现在，我在这里

被一群穿着条纹衫

强悍而凶恶的印第安人包围，

在养乐多燕子队的旗下

送出悲痛的声援。

岂不是离故乡太远了吗？

在海流之中的小小孤岛上，

我的心隐隐作痛。

※

　　无论如何，世上所有的棒球场里，我最喜欢待在神宫球场。我喜欢坐在一垒侧的内场席，或者右外场席。喜欢在那里听见各种声音，嗅到各种气息，仰望天空。喜欢让肌肤感知吹来的风，喝着冰好的啤酒，望着四周的人群。无论赢球还是输球，我都无比热爱在那里度过的时光。

　　当然，赢比输好得多。这个毋庸置疑。但时间的价值或分量，不因比赛的胜负而不同。时间怎么说都是同样的时间，一分钟就是一分钟，一小时就是一小时。无论如何，都是我们必须珍视的。与时间好好和解，尽可能留下宝贵的记忆——这比什么都重要。

　　我在观众席落座后，喜欢先来上一口黑啤酒。但卖黑啤酒的孩子不太多，找到他们要花点工夫。终于认准了一个，高举着手招呼他过来。他来了，是个年轻瘦弱的男孩子，看起来似乎营养不良，头发很长，可能是来打工的高中生吧。他走过来，先向我道歉："不好意思，那个，我卖的是黑啤酒……"

"不用道歉，完全不用。"我安抚他，"我一直等着卖黑啤酒的来呢。"

"谢谢您！"他说着，开心地露出浅浅的笑容。

这个夜晚，从此刻开始，卖黑啤酒的男孩子想必还要向许多人道歉。"不好意思，那个，我卖的是黑啤酒……"因为大部分观众想要的恐怕不是黑啤酒，而是常见的拉格啤酒。我付了钱，为他送上小小的祝福："加油哦。"

我写小说的时候，也常常体会和他一样的心情。我也想朝全世界的人们一个个道歉："不好意思，那个，我卖的是黑啤酒……"

不过，还是算了吧。小说的事就不要想了，今晚的比赛即将开始。来吧，祈祷球队能获胜。与此同时，也（悄悄地）做好面对失败的准备。

狂欢节 Carnaval
謝肉祭 Carnaval

　　在我迄今为止认识的女人中，她是最丑的一位——这样讲似乎不太公平。比她容貌丑陋的女人，实际上一定还有很多。可若说她是和我人生的关系大体亲密，并在我记忆的土壤里扎下根的女人中最丑的一位，恐怕没错。当然，如果不用"丑"这个词，而是委婉地用"不漂亮"来形容，肯定能让读者——特别是女性读者——更自然地接受。但即使如此，我依然执意选择了"丑"这个直截了当（甚至有些粗暴）的词。因为这个词更贴近她这个人的本质。

　　暂且用"F※"来称呼她吧。在文章里披露人家的真实姓名，从各种角度来说都不合适。顺带一提，她的本名和"F"或"※"一点关系也没有。

　　也许 F※ 也会在某个地方读到这篇文字。尽管她常说，除了在世的女作家，她对其他人写的东西基本上毫无兴趣，但在某种机缘巧合下注意到我这篇文章，也不是完全没有可能。一旦读了，她毫无疑问会发现，我在此讲的是她本人的故事。不过，就算我写下"在我迄今为止认识的女人中，她是最丑的一位"，想必 F※ 也不会介意。不，说不定她还会觉得很有意思。之所以这样说，是因为她比身边其他人都清楚自己的容貌并不出众——或者该说是"丑陋"，并反而以自己的理解方式接纳并享受着这一事实。

我想，在这个世上，这样的例子一定非常罕见。自觉容貌丑陋的丑女数量本就不多，坦率地接受这一事实，还能从中找到些许愉悦感的女人，就算不是根本没有，恐怕也极为稀少。从这个角度来看，是的，我想她实在是个不一般的人。这种不一般不只吸引了我，还将相当多的其他人吸引到她身边。就像磁铁会吸引形状各异、有用或无用的铁屑一样。

谈论丑陋的同时，也是在谈论美丽。

我私下认识几位漂亮的女人，任谁都会承认她们"是

漂亮的",都会盯着她们发呆。可在我眼中,这些漂亮的
女人——至少其中的大多数——似乎都不曾放下自己的漂
亮,无条件地享受人生。这让我觉得十分不可思议。生得
漂亮的女人们总会吸引男人们的关注,迎接同性羡慕的目
光,往往恃宠而骄。她们多半会收到不少价格昂贵的礼物,
也从不缺男人交往。可是,为何她们看上去一点也不幸福,
有时甚至还让人觉得忧愁呢?

　　据观察,我认识的漂亮女人中,似乎有不少人对自
己生得不美的部分——人类的肉身必然有某些地方是这样
的——心存不满或焦虑,整颗心被这份不满或焦虑恒久地
折磨。而无论那是多微小的缺点、多不值一提的瑕疵,她
们仍旧时常在意,或说是介怀于此。比如大脚趾生得太大,
脚趾盖还卷成奇妙的形状,或者左右两边的乳头大小不同,
等等。我认识的一位非常漂亮的女人坚信自己耳垂过长,
因此永远蓄着长发来遮掩。尽管耳垂的长短之类,在我看
来实在是无所谓的(仅有一次,她给我看了她的耳垂,但
我怎么看都觉得是再正常不过的大小)。也许所谓的耳垂
长短,不过是指代其他某些事物的暗语罢了。

　　与之相比，能相对享受自己的不漂亮——或者说丑陋——的女人岂不反而是幸福的吗？再漂亮的女人也有丑陋的地方，同样，再丑陋的女人也多少会有漂亮之处。而她们和漂亮的女人不同，仿佛可以毫无顾忌地享受自己的漂亮。这里面没有暗示，也没有比喻。

　　也许我的想法平淡无奇，但我们生活的世界，往往会由一个看法而彻底改变。仅仅因为光照的角度不同，阴就可能转阳，阳也可能转阴。正的会变成负的，负的会变成正的。这类现象究竟是构成世界的本质之一，还是仅限于视觉上的错位？下这种判断，实在超出我的能力范围。可无论如何，从这个角度来看，F※称得上是一位不折不扣的光影魔术师。

　　我是在某个朋友的介绍下认识F※的。那时我刚过五十，她大概比我小十岁。不过年龄对她来说并不怎么重要，因为她的容貌凌驾于除此以外几乎全部的个人特征之上。年龄、身高、乳房的形状和大小，在她的"不漂亮 = 丑陋"面前几乎无足轻重。大脚指甲的弯曲形状、耳垂的长度之类则根本连人们视线的一角都占据不了。

那次见面是在三得利音乐厅。一场音乐会的休息时间，我在大厅偶然遇到一位男性友人，他正和 F※ 一起喝红酒。那个夜晚的主要演出曲目是马勒的交响曲（第几号我忘记了），节目单的前半部分是普罗科菲耶夫的《罗密欧与朱丽叶》。我的朋友将 F※ 介绍给我，我们三个举起红酒杯，聊了普罗科菲耶夫的音乐。原来他们也是在这里偶然遇见的，也就是说，我们三人都是独自来听音乐会的。独自去听音乐会的人之间，往往会萌生出同类相惜的感情。

和 F※ 初次见面，我心里涌现的第一个念头自然是：这女人真丑啊。但见她笑容可掬，一脸坦荡，我又为这个想法暗自羞耻。说不清是为什么，总之谈笑片刻后，我已经彻底习惯了她容貌的丑陋，并且觉得容貌之类的完全没什么影响。她擅长表达，让人听着舒服，谈资信手拈来，脑子转得飞快，音乐品味似乎也不错。铃声响起，宣告休息时间结束。和她分别后我想："如果她长相漂亮——或者说，只要容貌再像样一些——肯定能成为魅力十足的女人。"

但后来我便幡然醒悟，这样的想法实在肤浅。因为她强烈的个性——或者是该称之为"吸引力"的东西——正是因其不一般的容貌才能得到有效发挥。也就是说，F※周身散发的洒脱，和其丑陋容貌之间的巨大落差，成就了她独特的生机。而她能够有意识地调节并驱使这份力量。

具体描写她的脸究竟有多不漂亮＝丑陋，实在是太难的功课。之所以这样说，首先是因为无论穷尽多少词语去精细地描绘，都不可能将她相貌的特殊性原原本本地传达给读者。唯一能清清楚楚下结论的，是她的五官构成中看不到一丝功能不完备的地方。也就是说，根本不存在类似"这里有点奇怪""那里要是摆正也许会好些"的问题。其实每一个部件都没有什么缺陷，可一旦将这些部件合而为一，毋庸置疑的、生机勃勃的、综合性的丑陋便油然而生（我对这一过程有个稍嫌蹊跷的比喻：它让人想起维纳斯的诞生）。另外，想用语言或逻辑说明这种综合性的丑陋绝无可能，就算真有可能，恐怕也没有太大意义。摆在我们面前的，是"已然如此的东西"，我们只有两个选择，要么无条件接受眼前的局面，要么从最开始就根本不买账。就像一场决心不围捕俘虏的战争。

托尔斯泰在小说《安娜·卡列尼娜》的开头，写过类似"幸福的家庭大抵相同，不幸的家庭各有各的不幸"的内容，这话似乎也可以套用在女人容貌的美与丑上。在我看来（希望诸位明白，这不过是个人的见解），大部分漂亮的女人，都可以用"漂亮"这一共性归为一类。每个漂亮女人都背着一只毛色金黄、光艳妩媚的猴子。每只猴子的体毛光鲜程度和颜色搭配难免存在差异，但那种炫目的感觉令一切相差无几。

相比之下，丑陋的女人们则各自背着一只体毛破烂的猴子。每只猴子的体毛枯槁、斑秃、蹭脏的位置都有细微的区别。这些猴子基本上不会闪现一丝一毫的辉光，更不会有耀眼的金黄色将我们迷得晕头转向。

但F※背上的猴子面相千变万化，皮毛也随之生出许多不同的色彩、呈现多种多样的要素——尽管绝不光鲜亮丽。并且随着观察视角、当天的天气或风向变化，以及时间的不同，她背上猴子的样子也会大不相同。换句话说，她容貌的丑陋是各式各样的丑陋要素依某种严格的标准集中于一处，并在特殊的重压之下浓缩的结果。她的那只猴子毫不畏惧地静静附在她背上，似乎闲适得很。仿佛一切事物的起因和结果，都在世界的中心相拥合一。

第二次见到 F※ 时，我已经一定程度上认识到了这一点（尽管还没能很好地将它用语言整理成型）。理解她的丑陋是需要一定时间的，还要依靠直觉、哲学和伦理之类的东西。另外，大概还多少需要一些人生经验。而我们这些人和她相处的某个阶段，会忽然有那么一丝扬扬自得——毕竟我们刚好掌握了这些或直觉、或哲学、或伦理、或人生经验的东西。

第二次见到她，还是在音乐会的会场。场地没有三得利大厅那么大，是一位法国女小提琴手的音乐会。印象中，当天演奏了弗兰克和德彪西的奏鸣曲。那是一位优秀的小提琴手，那两支奏鸣曲是她得意的保留曲目，但说实话，她那天的表现不是很好。不过，返场时演奏的两首克赖斯勒的曲子倒是魅力十足。

走出音乐厅等出租车的时候，F※ 从身后向我打招呼。

当时她和一位女性朋友在一起，是个身材娇小、面容姣好的女人。总的来说，F※算是个高的，只比我矮一点。

"对了，稍微走一走就有家不错的店，方便的话，去喝点红酒怎么样？"她说。

"好啊。"我回答。夜还很长，我心里总觉得没过足音乐的瘾，还差那么点意思，正想和什么人一起喝上一两杯红酒，谈谈好音乐。

我们三个在附近一条背街小巷里的小酒馆落座，点了小食和红酒。但没过多久，F※那位漂亮女朋友的手机响起，女友立刻离席。电话是她家人打来的，说她养的猫不舒服，于是只剩下我和F※两个。但我并没因此特别失望，因为那时我已经对F※这个女人有了相当的个人兴趣。她的衣品非常好，穿的那件蓝色丝质连身裙看上去很上档次。佩戴的首饰也着实完美：简约，但引人注目。我就是在那时，发现她戴着婚戒。

我和她聊起那天的音乐会。我们一致认为小提琴手的状态不是很好。究竟是身体不适，还是手指哪个地方疼，或者是酒店分配的房间不合意，则不得而知。但多半是遇上了什么麻烦。常去音乐会的人，经常会遇到这种事。

接着，我和她聊到了喜欢的音乐。我们都喜欢钢琴曲，歌剧、交响乐、室内乐[1] 当然也听，但最喜欢的，还是钢琴独奏。更为神奇的是，钢琴独奏中尤其喜欢的作品，竟然也完完全全地一致。我们都无法对肖邦的音乐抱有长久的热情，至少早上起床后立刻想听的音乐不会是肖邦。莫扎特的钢琴奏鸣曲美丽动人，但老实说，实在是听腻歪了。巴赫的平均律十分精彩，可要全神贯注地听则未免太长，须得调整身体状态。贝多芬的钢琴奏鸣曲中过于一本正经的部分时而令人厌倦，也没有什么解读的余地了（我们认为）。勃拉姆斯的钢琴曲偶尔听听还不错，听得太勤耳朵就要起茧子，常常还会觉得无聊。德彪西和拉威尔的钢琴曲，要是听的时机或场合不对，也许就无法直抵内心深处。

我们一致认为，舒伯特的几首钢琴奏鸣曲和舒曼的钢琴曲是精彩绝伦的极品，这一点不容置喙。如果在这些曲

---

[1] 指在家庭等小型室内场所，由数件乐器合奏的音乐，区别于大型管弦乐。

子中只留一首，那又该是什么呢？

只留一首？

没错，只留一首——F※说——就好比去无人岛时随身携带的钢琴曲。

这是一道难题，需要专心致志，花时间考虑周详。

"舒曼的《狂欢节》。"终于，我下定决心开口。

F※眯起眼，长久地直视我的脸，接着双手放在桌上，十指交扣，掰得手指关节噼噼啪啪地响——准确说是响了十声——声音大到旁边座位上的客人个个偏着头往我们这边看，就像用膝盖折断出炉三天的法棍面包那般清脆。不论男女，没有多少人能让关节发出这么大的声音。后来我才知道，让双手的指节发出十声巨大的响动，是她喜悦兴奋时必然做出的下意识反应。但当时我不清楚这一点，还以为她因为什么生气了呢。大约是《狂欢节》这个回答不太合适吧？不过没办法，我打从前就非常喜欢舒曼的《狂欢节》，就算有人因此生气，将我暴打一顿，我也说不来假话。

"你真觉得选《狂欢节》是可以的？从古今东西的钢琴曲之中，只准挑一首带到无人岛去。"她皱着眉，竖起一根细长的手指向我确认。

被她这样一问，我也没有了十足的自信。为了舒曼那万花筒般美丽且早已超越人类智慧的、错综复杂的钢琴曲，我真的愿意毫不犹豫地舍弃巴赫的《哥德堡变奏曲》、平均律，和贝多芬后期的钢琴奏鸣曲、壮阔迷人的《第三钢琴协奏曲》吗？

一段短暂而沉重的沉默，F※像测试手部功能一样紧紧攥起两只拳头好几次。接着她说：

"你的品位非常棒。而且，我佩服你的勇气。嗯，我也愿意奉陪，挑出舒曼的《狂欢节》。"

"真的？"

"嗯，真的。我最喜欢的也一直都是《狂欢节》，听多少次也听不腻，真是不可思议。"

然后我们就《狂欢节》聊了很久，边聊边点了一瓶黑皮诺葡萄酒，将它喝得一滴也不剩。就这样，我和她算是成了朋友。硬要说的话，是《狂欢节》的同好。尽管这份关系最终只维持了半年左右。

我们俩私下建立了一个类似《狂欢节》同好会的东西。并没规定只限两个人参与，但实际上其人数从未超过两名。也就是说，除了我和她，再找不到像我们这么喜欢舒曼《狂欢节》的人了。

接下来，我们听了相当数量的《狂欢节》唱片或 CD。只要有人在音乐会上演奏这支曲子，无论在哪里演出，我们都排除万难，一起去听。根据手头笔记本（听过的每一次演奏我都会做详细的记述）的记录，我们一共去过三场不同钢琴家弹奏《狂欢节》的音乐会，《狂欢节》的唱片或 CD 一共听了四十二张。我们还促膝长谈，交换对这些演奏的感想。古今东西，的确有许多钢琴家录过这支曲子，看来它是很受欢迎的保留曲目。尽管如此，我们却发现，能得到我们首肯的演奏并没有很多。

无论演奏者的技巧多么完美，哪怕运用的技巧只有一丁点不适合，《狂欢节》这首乐曲便会沦为没有灵魂的手指运动，魅力立刻消失大半。它其实是一首表演难度极大的曲目，水平一般的钢琴家根本驾驭不了。演奏者的名字就不透露了，但即便是被世人拥为大师的钢琴家，也为这首曲目贡献了不少失败而乏味的演奏，还有很多钢琴家对这支曲子敬而远之（我只能这样认为）。弗拉基米尔·霍洛维茨毕生喜爱演奏舒曼的音乐，却不知为何不曾留下《狂欢节》的正规录音。斯维亚托斯拉夫·李赫特也是一样。盼着哪天听到玛尔塔·阿赫里奇演奏《狂欢节》的人也不止我一个。

并且，和舒曼同一时代的人，几乎谁也不曾理解其音乐的精彩之处。门德尔松和肖邦都没有称赞过舒曼的钢琴曲。就连舒曼那位将全身心献给他的作品，并持续演奏它们的妻子克拉拉（她是那个年代为数不多的知名钢琴家之一），也曾打心里觉得，与其心血来潮时创作这些即兴的钢琴曲，不如写一写正统的歌剧或交响乐。舒曼对奏鸣曲之类的古典音乐一概没有好感，所以他的作品往往是难以捉摸、如梦似幻的。他脱离了业已成型的古典主义，决意创建新式的浪漫派音乐。但在和他同一时代的人看来，那不过是缺乏切实基础和内容的古怪作品。不过，最终正是他的大胆和叛逆，成了推动浪漫派音乐发展的强大动力。

总之在那半年里，我只要有空就热忱地听《狂欢节》。当然也不是光听《狂欢节》这一曲，有时也听听莫扎特，听听勃拉姆斯。但只要和她见面，一定会找一版《狂欢节》来听，并互换意见。我担起记录员的职责，将我们的意见整理记录下来。她来过我家几次，但我去她家的时候更多，因为她家在东京市中心，而我住在郊外。在我们听完总共四十二张《狂欢节》之后，她心目中的第一名是阿尔图罗·贝内代托·米凯兰杰利的版本（天使唱片公司发行），我的最爱则是阿图尔·鲁宾斯坦的版本（美国广播唱片公司发行）。就这样，我们给一张张碟细致地打分——当然，排序并不重要，它不过像一种附赠的游戏。我们最看重的是借此深度讨论自己爱的音乐，是几乎无所求地共享对某一事物的热忱。

频繁和比自己小十岁左右的女性见面，一般来说会在家里掀起一阵轩然大波，但妻子完全没有把她这个人放在心上。要说妻子漫不经心的最大原因就是她样貌丑陋，我倒也无意反驳。妻子似乎从来不曾疑心我和F※之间可能发生性关系，这是她的丑陋带来的再好不过的恩典。两个有好奇心的人——妻子大概这样看待我们。妻子对古典音乐没有特别的热情，大多数音乐会她都感到无聊。她称呼F※为"你的女朋友"，有时还带几分戏谑地称其为"你优秀的女朋友"。

我没见过F※的丈夫（她没有孩子）。不知道是我登门时她丈夫恰好不在，还是她特意挑丈夫不在家的时间将我叫去的，也可能是她丈夫经常不在家。如此说来，我那时甚至不确定她究竟有没有结婚，因为她从未说起关于丈夫的一星半点。并且在我印象中，她的住处几乎感受不到任何男人的气息，也没有男人生活的痕迹。不过，她公开表示过自己有老公，左手无名指上还有一枚闪闪发亮的金戒指。

她对自己的过去也一概避而不谈。在哪里出生，在怎样的家庭中成长，毕业于哪所学校，曾从事哪些工作，这些她完全没有说过。即使我问起这些私人的情况，她也要么含糊其辞，要么只回应给我一个沉默的微笑。我知道的，仅仅是她似乎全靠专业知识吃饭（至少不去公司坐班），生活相当富裕。她开一辆全新的宝马小轿车，住在代官山一栋漂亮的三室两厅公寓里，四周绿意盎然。客厅的音响也十分昂贵——金嗓子的 HI-END 合并功放机和 CD 播放器，LINN 的智能大型音箱。她的衣服也总是整洁清爽。我对女性服装并没有太多了解，但即便如此，也能看出她穿的每一件衣服都是相当昂贵的一流品牌。

谈论音乐时，她尤其能言善辩。她的乐感极为敏锐，形容感受时选词迅速而贴切，音乐知识也深邃而广阔。可在音乐之外的事上，她对我来说几乎是一个谜。但凡她无意主动提起的事，无论我如何循循善诱，她都决不会说。

一次聊起舒曼时，她说了这样的话：

"舒曼和贝多芬一样，年轻时就染上梅毒，病魔缠身，大脑渐渐不再正常。而且他原本就有精神分裂的倾向，时常为恼人的幻听所苦，身体一开始颤抖就停不下来。他还坚信有恶灵追赶自己，对恶灵的存在深信不疑，终日被无止境的噩梦追赶，因为恐惧过盛，甚至试图自杀，纵身跳入莱茵河中。内部的妄想和外部的现实在他体内杂糅混同，再难剥离。这首《狂欢节》是他非常早期的作品，那时候，他身上的恶灵还没有明白地显出真面目来。作品以狂欢节的祭典为舞台，因此随处可见戴着活泼面具的家伙。但又不只是快活的狂欢节那么简单，日后必定成为他体内魑魅魍魉的恶灵们，在这首乐曲中逐一崭露头角。它们似乎只是简单露个脸，个个戴着狂欢节的快活面具。四下里吹起早春不祥的风，鲜血欲滴的肉摆在所有人面前。谢肉祭[1]，它就是这样的音乐。"

"所以演奏者必须同时用音乐演绎出场人物的面具和面具下的脸孔——对吧？"我问。

她点头："对，就是这样，一点儿不差。我觉得，如果表现不出这一点，简直就没有演奏这首曲子的必要。从某种意义上讲，这首作品是无拘无束的极致。但要我说，正是在无拘无束的氛围下，那些栖息于意识深处的邪祟才会露出马脚呢。它们被放荡不羁的旋律吸引，从黑暗中现身。"

她沉吟片刻，继续说道：

"每个人都难免戴着面具生活，想要在这个水深火热的

---

[1] 即"狂欢节"（carnaval），日语中译作"谢肉祭"。西方宗教背景下的传统节日，在封斋日前举办庆典，尽情吃肉，以便更好地迎接封斋。

世界活下去，根本不可能不戴面具。恶灵的面具下是天使
的真容，天使的面具下则藏着一张恶灵的脸，绝不可能只
有其中一面。我们就是这样，狂欢节就是这样。而舒曼能
够同时看到人们的许多面——看到面具和真容。因为他本
就是个灵魂极度分裂的人。他活在面具和真容之间，活在
那令人窒息的狭小空间里。"

　　也许她真正想说的是"丑陋的面具和美丽的真容"与
"美丽的面具和丑陋的真容"吧。那时我这样想。也许她
说的是关于自己的一些事。

　　"说不定有些人的面具戴着戴着，就粘在脸上摘不下来
了。"我说。

　　"是啊，可能也有这样的人。"她平静地说着，微微一笑，
"但即使面具真的粘在脸上摘不下来，面具下面还是另有
一张素净的脸。这一点是不会变的。"

　　"只不过谁都看不到它了。"

　　她摇头："一定有人是能看见的。一定有的。"

　　"罗伯特·舒曼倒看见了它们，可他最终也没得到幸福。

都怪梅毒、精神分裂和恶灵们。"

"但舒曼将如此精彩的音乐留给了后人，他写出了其他人写不出来的那种好音乐。"说罢，她逐一按动双手的指关节，发出脆生生的巨大声响，"拜梅毒、精神分裂和恶灵们所赐。所谓的幸福往往是相对的。不是吗？"

"或许是吧。"我说。

"弗拉基米尔·霍洛维茨曾为广播电台录制过一首舒曼的《F小调奏鸣曲》。"她说，"你知道吗？"

"不，好像没听说过。"我回答。舒曼的这支第三号奏鸣曲对听众和演奏者来说,（大概）都是相当辛苦的代名词。

"他在广播中听到自己的演奏，抱着脑袋，意气消沉了很久，说自己的演奏很糟糕。"

她手中把玩着剩下一半红酒的酒杯，定睛看了它一会儿：

"接着，他这样说：'舒曼疯了，但我白瞎了他的疯狂。'你不觉得这是最妙的评价吗？"

"是很棒。"我表示认同。

　　尽管我认为她在某种意义上是一位有魅力的女人，却不曾想过和她发生性关系。在这一点上，妻子的判断是正确的。不过，我没和她发生性关系的原因，根本不是她样貌丑陋。我想，她的丑陋应该不会成为我们发生肉体关系的阻碍。我没有和她上床——不如说，根本没能动这念头——也许不是碍于她面具的美丑，而是害怕直视藏在那张面具下面的东西。无论那张脸孔，是天使，还是恶魔。

　　进入十月不久，F※便断了和我的联络。我刚入手了两张新的（而且颇感兴趣的）《狂欢节》CD，想和她一起听，打了几次电话，但她的手机总是无人接听。我发了几封邮件，也没有回音。就这样，属于秋天的几周过去，十月也结束了。进入十一月，人们穿上了外套。和她交往以来，我们从未断绝音信这么久。也许她去什么地方长途旅行了，或者是身体不太舒服。

　　是妻子先看见她出现在电视上的，当时我正坐在自己房间的桌前工作。

　　"不知道怎么了，电视新闻里正播你的女朋友呢。"妻子说。想来，妻子口中从未提起"F※"这个名字，永远是"你的女朋友"。不过我走到电视机前的时候，那条新闻已经播完，换成熊猫宝宝的新闻了。

我等到中午，看了新的新闻节目。F※出现在节目的第四条。她正从类似警察局的建筑里走出，走下台阶，坐上一辆漆黑的面包车。摄像头拍下了她慢慢走过这一小段路的画面，那毫无疑问就是F※。无论发生什么，我都不可能认错那张脸。她好像戴着手铐，双手放在身前，上面遮着一件深色外套，两位女警官从左右两侧抓着她的胳膊。尽管如此，她还是没有低下头。她紧紧抿着唇，若无其事地目视前方，可一双眼睛里没有任何情感，就像鱼眼一般。头发稍有凌乱，除此之外，和平时的她没什么两样。也就是说，她一如往常地维持着自己一成不变的容貌。可那张映在电视屏幕上的脸，失去了我平时常见的某种生机。也可能是她有意识地将其隐匿于面具之下了。

女主播报上F※的真实姓名，讲述了她作为大型诈骗案共犯被※※警局逮捕的经过。据报道，案件的主犯是她的丈夫，已于几天前被捕。媒体公布了他被捕时的录像资料，我因此第一次见到她的丈夫，却由于这个男人的长相过于端正而一时失语。男人长得像职业模特一样，几乎可以说漂亮得不真实，年纪也比她小六岁。

当然，即使知道她和帅气的年轻男人结为夫妇，我也丝毫没有震惊的必要。容貌不般配的夫妻遍地都是，我认识的人中就有几对。但不知道为什么，饶是如此，一旦具象地想到 F※ 与那位帅得惊人的男人在一个屋檐底下——那座代官山的漂亮公寓里——共度再正常不过的夫妻生活，我便会油然生出一股猛烈的困惑。恐怕世上很多人在电视新闻里看到他们两个的脸，都会惊讶于二人容貌美丑的巨大落差。而我当时感到的违和则是非常个人化的、集中于一点的东西，甚至让我浑身上下都火辣辣地痛。其中有一部分可以说是偏激，还有——没错，那是一种绝望的无力感，就像遭遇了不同寻常的诈骗。

他们二人因投资诈骗被逮捕。随便捏造一个投资公司，承诺高额利息，从普通市民手中吸纳资金；实际上根本没把这些钱用于投资，不过是简单粗暴地拆了东墙补西墙。任谁想想都会明白，这种走钢丝的行径迟早会露出破绽。

看起来就冰雪聪明的她，深谙并钟爱舒曼钢琴曲的她，为何要参与如此天真而拙劣的犯罪，为何会走上这条无法回头的路？我不得而知。或许是她和那个男人的关系中蕴藏的某种负能量将她卷入了犯罪的旋涡吧，又或许是她内心的恶灵悄然藏身在那旋涡的中心。除此以外，我再无其他头绪。

涉案总金额超过十亿日元，受害者多为靠退休金度日的老年人。那些走投无路的老人出现在电视上，他们宝贵的毕生积蓄被人连根夺走，确实非常可怜，但多半已经回天乏术。并且追根究底，这不过是一种常见的犯罪形式。不知道为什么会有这么多人被如此常见的谎言吸引，也许反而是它的普通吸引了人们。这世上的骗子无穷无尽，上当受骗的人也无穷无尽。无论电视里的评论员怎么讲解、批评哪一方，这都是潮起潮落般明白无误的事实。

"那现在要怎么办呢？"新闻播完，妻子问我。

"怎么办，没什么办法吧？"我用遥控器关掉电视。

"但她不是你朋友吗？"

"只是时不时见个面，聊聊音乐罢了。这以外的事我什么都不知道。"

"她没劝过你投资吗？"

我默默摇头。无论发生什么，她都不会让我卷到这类事情里来，只有这一点我能确信。

"我们之间聊得不多，但她不像是会做坏事的人啊。"妻子说，"真是让人搞不懂啊。"

不，也不是完全搞不懂的——那时我忽然这样想。F※身上有某种特别的、类似吸引力的东西。并且其中——她不同寻常的容颜中——似乎有某种吞噬人心的力量，也正是这股力量引发了我对她的好奇。而她这种特殊的吸引力，如果与她年轻的丈夫那堪比模特般端正的外形相结合，说不定能将许多事变为可能。人们也许难以抗拒这种复合产物的力量，会被其牵着鼻子走。也许由此出现了某种犯罪公式，能够越过常识和情理。但究竟是什么东西，又是如何使这两个不般配的人结为一体的，则根本无从得知。

接下来连续几天的电视新闻都有报道这起案件，同样的画面反复播出了许多次。F※用同一双鱼一样的眼睛凝视前方，年轻帅气的丈夫则以端正的脸面向镜头。他薄薄的嘴唇两端微微上扬，大概是下意识的反应吧。就像电影演员们常做的那样，露出职业性的笑容。这笑容使他看上去像是在朝全世界送去微笑。也不妨将那张脸看作一张精致的面具。但无论如何，一星期后，这起案件便被大家忘得一干二净，至少电视台已经不再关心。我一直关注报纸和周刊杂志上的案件动向，可相关的报道也像水流被沙地吞噬一样，逐渐式微，最终消失殆尽。

于是 F※ 又一次从我面前完全消失了。我不知道她到底在哪里，是在拘留所，还是进了监狱，或者被保释后回了自己的家，我全都无从得知。哪里都看不到她被告上法院的消息，但说不定审判已经结束，根据涉案总额的多少，她已被判处若干期限的刑罚。根据我读过的报纸或杂志的报道，她积极帮助丈夫犯法，已经是明确无误的事实。

那之后又过了相当漫长的岁月，事到如今，只要有演出舒曼《狂欢节》的音乐会，我都尽量前往聆听。我的目光每次都在听众席上殷切地逡巡，或者在中场休息时来到大厅，一面举起红酒杯，一面寻觅她的身影。尽管一次也没有真的见到她，但我总有一种预感，似乎她随时会从人群之中出现。

每当收录《狂欢节》的新碟发行，我依然一而再地购入，然后在笔记本上打分。出了很多新版，但我心中的第一名仍然没变，还是鲁宾斯坦。鲁宾斯坦的弹奏不会竭力揭下人们头戴的面具。他的钢琴如风，在面具和真容的罅隙中轻柔优雅地拂过。

所谓的幸福往往是相对的。不是吗？

还有一个故事，发生在更早以前。

我上大学时，曾与一个女孩子约会，她的长相不算丑陋，但至少其貌不扬，也许该说是相当其貌不扬。朋友邀请我参加四人约会，来做我约会对象的便是她。她和我朋友的女友住在女子大学的同一栋宿舍，比我低一个年级。我们四个简单吃了一顿，之后分成两组各自活动。那是一个秋天的末尾。

我和她到公园散步，然后走进咖啡厅，一边喝咖啡一边聊天。她个子不高，小眼睛，但看上去性格很好。似乎有些害羞，说话时声音很小，但音色明亮，想必有一副好嗓子。听说在大学里加入了网球部。她说父母喜欢网球，自己从小就和他们打。听上去像是成长于一个健康的家庭，大概家庭关系也很和睦。可我几乎没打过网球，在这方面也没什么能和她聊的。我喜欢爵士乐，而她对爵士乐几乎一无所知，我们一时没找到太好的共同话题。不过她想听我讲讲爵士乐，于是我讲了迈尔士·戴维斯和亚特·派伯，讲了我怎样喜欢上爵士乐，以及爵士乐的有趣之处。她热忱地听着，尽管不知道听懂了多少。后来我将她送到车站，我们在那里道别。

临别前，我要了她宿舍的电话号码。她在手账的空白页上写下号码，将那页纸整齐地撕下来递给我。但最终我还是没有给她打电话。

几天后，邀请我四人约会的朋友见到我时，向我道歉。他说：

"上次带来一个那么丑的女孩子，真是不好意思。本来想给你介绍一个更漂亮的，临了那女孩突然有事，没办法才带了这个女孩过来。当时宿舍里只剩下她一个人了。她也说对不住你。下次我会安排妥当的。"

朋友这样向我道歉后，我想必须要给她打个电话了。她的确不是漂亮的女孩，但也不能说是丑女。这其中有细微的差别，而且我不想对此熟视无睹。该怎么说呢？这对我而言是很重要的，关乎心意。也许我不会和她恋爱，应该不会吧。但再见一次面、聊聊天，也未尝不可。尽管不知道该聊些什么好，但总会有的可说。哪怕只是为了不让她成为一个丑女。

可写着电话号码的那张纸怎么也找不到了。我明明将它放到口袋里了，却怎么找也没有。可能和没用的小票之类的一起，不小心扔掉了。大概如此吧。总之因为这个，我没能给她打成电话。如果跟朋友说说，他也许会告诉我她宿舍的电话号码。但想到对方可能有的反应，我无论如何也开不了口。

很长一段时间里，这件事被我忘得一干二净，从未想起来过。但现在写着 F※ 的故事，描述着她的容貌，却让我忽然想到了这里，清清楚楚，历历在目。

二十岁那年的晚秋，我曾和那位其貌不扬的女孩约会了一次，一起在黄昏的公园散步。我一边喝咖啡，一边向她详细讲述亚特·派伯的中音萨克斯有时会发出多么美好的吱呀。我说，那不是偶然的失误，对他来说，那是一种重要的心理状况的体现（没错，那时我确实说了"心理状况的体现"）。后来和她道别时，她给了我一张写着电话的小条，我把它丢在什么地方，永远找不到了。永远，当然是很漫长的。

这不过是两件我细碎的人生中发生的微不足道的小事。如今看来，只是两段走了点弯路的插曲。就算它们不曾发生，我的人生大概还是和现在一样，几乎不会有什么变化。但关于它们的回忆有时也许会走过漫漫长路，来到我身边，然后以令人难以置信的力量，撼动我的心。就像晚秋的夜风一般，卷起森林中的树叶，吹倒芒草丛生的荒原，有力地叩响家家户户的大门。

品川猴的告白

品川猿の告白

　　我遇见那只上了年纪的猴，是在群马县 M※ 温泉乡的一家小旅馆。那是将近五年前的事了，住进那家土里土气的——或者说老得都要立不住了的旅馆，纯属事出偶然。

　　那段时间，我随心所欲、漫无目的地持续着一个人的旅行。一次来到某个温泉小镇，下列车时已经过了晚上七点。秋天渐渐走向终结，太阳早已下山，周围包裹在山间土地特有的深青色暗幕中。凛冽的晚风从山顶吹下来，发出窸窸窣窣的干燥声响，手掌大小的落叶在街上翻滚。

　　我走在温泉小镇的中心寻找像样的住处，但这里都是正统的旅馆，基本没有店家愿意接收在晚饭时间过后住店的客人。我问了五六家，挨个吃了干干脆脆的闭门羹，最后终于在一个偏离中心、略显冷清的地方寻得一家温泉旅馆，同意提供不带晚饭的住宿。这是一家萦绕着寂寥感的旅馆，用"柴钱旅店[1]"这个有年代感的词来形容它再合适不过。建筑已有相当的年头了，但只是老旧，所谓的古朴意境则根本没有。每个地方都仿佛以微妙的角度倾斜着，似乎每一处都是店家临时修补上的，但是和原本的建筑嵌合得并不好。说不定下次地震，这座旅馆就扛不住了。我只有暗自祈祷这两天别发生大地震。

虽然入住不含晚饭，但带早饭，房费还便宜得让人吃惊。玄关一进来有类似简易账房的台子，一位头发和眉毛一根不剩的老人负责收房费，先交费再入住。因为没有眉毛，显得老人一双大眼反常地炯炯有神。他旁边铺着一只坐垫，上面趴着一只同样上了年纪的大橘猫，正在酣睡。猫的鼻子似乎不太健康，作为一只猫，发出的呼噜声未免也太大了，节奏偶尔还会紊乱。这家旅馆里的一切都老迈而古旧，似乎正走向腐朽。

---

[1] 日本古时的一种廉价旅店。店家只提供最基本的居住空间，食物甚至寝具有时都需要旅客自备。相应地，旅客只需要提供生火做饭消耗的柴火钱即可。

　　我被带到一间布草间般狭窄的房间，天花板上晦暗无光，榻榻米随着走动发出吱吱呀呀的声音，听起来晦气得很。但事到如今，我也不能要求太多。能有一个带顶的房间，让我暂且钻进被子里睡下——光是这样，我就感激不尽了。

　　我将唯一的行李——那只大号的挎包放在屋里后，就到小镇上去（那房间让人没有想在里面放松身心的欲望），在附近的一家荞麦面店吃了简单的晚饭。除了这家店，我没在附近找到任何还开着的餐厅。我点了啤酒和几道下酒菜，吃了一碗温吞吞的荞麦面。面绝对算不上好吃，汤汁也是不冷不热的，不过对晚饭也不能要求太多。比起饿着肚子入睡，有口饭吃毕竟要好上许多。离开荞麦面店，我想着要买些简单的食物和小瓶威士忌，到处找便利店，但一家也没找到。八点过后，镇子上只剩下几个射击摊还在营业了。于是我无奈地回到旅馆，换上浴衣，来到楼下的浴室。

　　与旅馆寒酸的建筑和陈设相比，温泉倒是出乎我预料地好。泉水是浓稠的绿色，看不出稀释过的痕迹，还有这年头罕见的浓烈硫磺味，让人从内向外都暖暖和和的。除了我没有其他来泡温泉的客人（就连除了我还有没有其他客人下榻都成问题），我得以随心所欲地浸泡在泉水中，悠哉得很。泡了一会儿，脑袋有些晕乎，我便走出温泉，等身子凉下来又一次泡进去。看来这种外表寒酸的旅馆也可能有意想不到的好啊——我想——在这里可比在大旅馆泡温泉时撞上闹哄哄的旅行团要安适得多了。

猴子嘎啦啦地拉开玻璃门走进浴场，是我第三次泡进泉水里的时候。它低声说了句"打扰了"，就走了进来。我花了一段时间才意识到它是一只猴子。浓稠的温泉水令我颇有些头昏脑涨，而且一般人根本想不到猴子可能开口说话，所以我没能将它的长相和它是名为猴子的动物这件事迅速联系起来。我迷迷糊糊地望着热气对面的猴子。

猴子关上身后的玻璃门，收拾散落在浴场里的小桶，将一只大温度计放入温泉水中确认温度。读温度计上的刻度时，它的眼睛倏地眯起来，仿佛细菌学家在锁定新型病菌。

"水温怎么样？"猴子问我。

"非常好呢。谢谢你。"我说。水气衬得我的声音浑厚而温柔，回音中甚至有某种神话般的韵味。听起来不像是我的声音，而像是从森林深处返回的、来自过去的声响。那声响……不对，等一下，为什么这里会有一只猴子，还在说人话？

"我给您搓搓背吧？"猴子仍然低声向我发问。它的声音圆润，让我想起嘟·喔普[1]合唱队的男中音。说话时也没有口音，若是闭上眼睛听，完全就是人在正常说话。

"谢谢。"我说。并非真的想让谁替我搓背，而是如果拒绝，恐怕会让它觉得我"不想让一只臭猴子给自己搓背"。我不愿这样。毕竟它的语气相当亲切，我也尽可能地不想伤害猴子的感情。所以我缓步走出温泉池，坐在一个小木台上，背对着它。

猴子没穿衣服。当然，猴子一般是不穿衣服的，所以我没有觉得意外。它好像上了年纪，毛发中混着不少白色。

---

[1] Doo-wop，一种音乐类型。二十世纪四十年代发源于美国非洲裔社区，随后一段时间成为主流音乐。常由三至五人组队演唱。

猴子拿来毛巾，打上肥皂，吭哧吭哧为我搓起背来。手法娴熟，动作灵巧。

"天气冷了不少呢。"猴子说。

"是啊。"

"再过不久，这一带会积很多雪。到时候，除雪会很辛苦的。"

我逮了个空子，毅然开口问道："你会说人话？"

"是的。"猴子干脆地回答了我，大概被许多人问过同样的问题吧，"小时候被人类饲养，渐渐连说话也学会了。我在东京的品川区生活了很长时间。"

"品川区的什么地方？"

"御殿山那边。"

"是个好地方啊。"

"是的，就像您说的，那里很适合生活。附近还有御殿山庭园什么的，能亲近大自然。"

对话至此暂且中断。猴子继续吭哧吭哧地用力为我搓背（还挺舒服的），在此期间，我玩命地整合脑子里的东西，使之合理。在品川长大的猴子？御殿山庭园？别的先不说，猴子可能如此顺畅地说人话吗？但它怎么看都是猴子。那身形和姿态，除了猴子，别的什么也不是。

"我住在港区。"我说。几乎没什么意义的一句话。

"那我们住得很近呀。"猴子语气亲切。

"品川那边是什么人把你养大的？"我问。

"我的主人是大学老师，专攻物理，以前在学艺大学任教。"

"原来是知识分子啊。"

"嗯，是的。他酷爱音乐，喜欢听布鲁克纳和理查德·施特劳斯。托他的福，我也爱上了这类音乐。毕竟从小耳濡目染，所谓的挨着和尚会念经吧。"

"你爱听布鲁克纳？"

"是，爱听《第七交响曲》，特别是第三乐章，总是让我鼓足勇气。"

"我常听第九号。"这句话也没什么意义。

"是，那一曲也很美。"猴子说。

"是那位老师教你说话的吧？"

"是。他没有孩子，可能是把我当孩子养了，一有空就严格地教育我。老师极有耐心，无论何时都重视规矩。平时的口头禅是：'只有以认真的态度重复准确的事实，才是通往大智慧的途径。'太太沉默寡言，但非常善良，待我可真是不薄。他们夫妻情感和睦，夜生活可是激情满满——这话似乎不好对外人说。"

"嚯。"我说。

不久，猴子为我洗完背，礼貌地低下头，说了句"多有得罪"。

"非常感谢！"我说，"很舒服。话说，你是在这家旅馆上班吗？"

"是，没错，这里允许我工作。气派的大旅馆根本就不会考虑雇一只猴子。不过这里总是人手不足，无论是猴子还是别的，只要能派上用场都会给活干。但毕竟我是猴子，薪水本就微不足道，而且只能在不太会被人看到的地方干活。大概也就是打理浴室、打扫卫生之类的。一般的客人要是看到猴子端着茶过来，肯定会吓一跳。要是在厨房之类的地方，估计又涉及食品卫生法什么的。"

"你干了很长时间吗？"

"大概有三年了吧。"

"不过，在这里安顿下来前，一定也经历过不少吧？"我试着问它。

猴子点头肯定："是的，那可真是……"

我略微犹豫了一下，还是下定决心向它发问："方便的话，能不能和我讲讲你的故事？"

猴子想了想，然后说："好的，没问题。不过我的故事不一定那么有意思，可能辜负客人您的期待。我的工作到十点就告一段落了，之后可以去您的房间。您介意吗？"

我表示不介意："要是能顺便带上啤酒过来，就更好了。"

"明白。我给您带冰好的啤酒。札幌啤酒合您的胃口吗？"

"啊，可以的。对了，你喝啤酒吗？"

"嗯，托您的福，能喝一点。"

"那就拜托你带两大瓶来。"

"好的。对了，客人您是下榻在二层的'惊滩之间'吧？"

我说对。

"不过，还真是有意思呢。明明在这大山里，竟然叫'惊滩之间'。呵呵呵。"猴子滑稽地笑了笑。这是我有生以来第一次亲眼见到猴子笑。但就算是猴子，也是会笑也会哭的吧，毕竟连话都能说。

"对了，你有名字吗？"我问。

"算不上多正式的名字，大家都叫我品川猴。"

猴子拉开玻璃门，走出浴场，转身向我礼貌地躬身行礼，然后将玻璃门慢慢关上。

十点刚过，猴子捧着立着两瓶啤酒的托盘来到"惊滩之间"（它说得不错，这间屋子为何要叫"惊滩之间"，我也是一头雾水。房间着实寒酸得像个杂物间，没有一丝一毫能和惊滩沾上边的元素）。盘上除了啤酒瓶，还有瓶起子和两只玻璃杯、一袋鱿鱼丝、一袋柿种。看来是只挺会来事的猴子。

猴子这回穿着衣服。上身是一件印有"I♡NY"的厚长袖衫，下身是一条灰色的针织运动裤，大概是什么人转让给它的二手童装吧。

屋里没有能当桌子用的东西，于是我们并排坐在单薄的坐垫上，后背靠着墙。猴子用瓶起子打开啤酒，将酒倒入两只玻璃杯中，然后我们一言不发地碰了杯。

"多谢款待！"猴子说完咕咚咕咚地喝下冰啤酒，看样子觉得很美味。我也和它一样喝酒。跟猴子并肩坐着喝啤酒着实古怪，但多半习惯了就好了。

"哎呀，收工后的啤酒真好喝。"猴子用毛发浓密的爪子擦着嘴角，"可惜我是猴，几乎没有机会这样喝啤酒。"

"你在这里工作，店家包吃住吗？"

"是的。他们给我铺了被褥，让我睡在类似屋顶阁楼的地方。偶尔有老鼠之类的出没，难免睡不安生，但我毕竟是只猴子，有床被子盖着睡，一日三餐都能吃饱就感激不尽了……哪怕离所谓的'极乐'还很远。"

猴子喝干了第一杯啤酒，于是我又将它的玻璃杯续满。

"谢谢。"猴子礼貌地道谢。

"除了人类，你有没有和同伴……或者说，和其他的猴子们一起生活过？"我试着问。我想向这只猴子打听的有许多。

"嗯，有过几次。"猴子脸上掠过一抹愁云，眼角的皱纹深深地堆在一起，"一次，出于某种原因，我被人从品川强行赶走，丢到了高崎山上。一开始我以为自己可以在那里安稳地生活下去，可并没有那么顺利。不管怎么说，我是在人类的家庭中，被一对大学教授夫妇抚养长大的，要和其他的猴子——尽管它们毫无疑问是我珍贵的同胞——心意相通，总是还差那么点儿意思。我和它们没有共同话题，也难以顺畅地沟通。'你的声音不对劲啊'——它们这样说我，为一些事取笑我、欺负我。母猴子们暗地里看着我相互窃笑。哪怕是一丁点儿的不同，猴子们也很敏感。在它们眼中，我的一举一动可能都带着滑稽，或者可能是有什么地方惹得它们反感、焦躁。种种缘由使我越待越难受，不知不觉便离开猴群，独自生活了，成了所谓的'离群之猴'。"

"那时一定很孤单吧。"

"是的，那可真是够我受的。没有人愿意保护我，我必须想办法自己找吃的，努力活下去。但不管怎么说，最难受的还是无法和任何人交流。没有机会和猴子讲话，也没有机会和人讲话。孤独是非常难熬的。高崎山上当然也能见到许多人，但不能因此就不管不顾地和那些人搭话。那样做，肯定会惹出很严重的乱子。就这样，我成了一只孤独的猴，既不属于猴子社会，也不属于人类社会，两边都没着落，不上也不下。那种痛苦真是度日如年。"

"也听不了布鲁克纳了。"

"对，那个世界和这些东西无缘。"品川猴说完，又喝了一口啤酒。我留心观察着它的脸，原本就红彤彤的面色没有变得更红。这大概是一只酒量不错的猴子，也可能猴子的醉意不表现在脸上。

"还有一件最折磨我的事，那就是异性关系。"

"嚯，"我说，"异性关系是指？"

"简单地说，就是我对母猴没有一丝性欲。以前也有过几次合适的时机，但老实说，我无论如何也没有那种感觉。"

"你明明是只猴子，母猴却勾不起你的性欲？"

"没错，正是如此。尽管难以启齿，还请容我直言不讳，不知从什么时候开始，我已经变得只能爱上女人了。"

我不动声色地喝干自己杯中的啤酒，然后打开一袋柿种，捏了一撮在手心里："这在现实生活中，可能会有点儿麻烦吧。"

"是的，实际上这非常麻烦。因为不管怎么说，我就是这样的猴子之身，期待女人主动回应我的欲望，无疑是不可能的。在遗传学上恐怕也有问题。"

我默默等它继续说下去。猴子挠了耳后良久，总算再次开口：

"因此，为了消解这无法得到满足的爱意，我不得不采用自己独创的其他方法。"

"其他方法？比如呢？"

猴子眉头的皱纹顿时深深地一撇，红彤彤的面色仿佛有些发黑。

"说来您也许不信，"猴子说，"或者说，我觉得您是不会信的——忘了从什么时候开始，我学会了偷自己喜欢的女人的名字。"

"偷人的名字？"

"是的。不知道为什么，我似乎天生就有这种特殊的能力，只要我愿意，可以把一个人的名字偷来，据为己有。"

我的大脑又开始混乱了。

"我不是很明白，"我说，"你偷走一个人的名字，也就是说，那个人会彻底失去自己的名字吗？”

“不会，那个人并不会失去名字。我偷走的是她名字的一部分，只是其中的一块小碎片。不过我拿走的越多，名字就会变得越薄、越轻，就好像太阳被云遮住得越多，投在地上的影子就会越淡一样。有时候即使发生了这种缺失，失主本人可能也不会明确地察觉，顶多是觉得有点不对劲罢了。”

“但其中也有人明确意识到出了问题，对吧？意识到自己名字的一部分被偷走了。”

“是的。当然也有这样的人，有时会发生想不起自己名字之类的事。不用说，这自然是件麻烦事，很不像话。这个人接下来可能还会觉得自己的名字不是自己的名字。所以到了最后，失主甚至可能陷入自我认同的危机。这些完完全全都是我的责任，都是因为我偷走了她的名字。这让我非常过意不去，良心的谴责一次又一次沉重地压在我身上。可我明知不该如此，却怎么也控制不住自己。我不想找借口，但这是多巴胺命令我做的。它对我说：‘行了，就偷个名字，又不犯法。’”

我抱起双臂，凝视了那只猴子一会儿。多巴胺？然后我终于开口："你偷的仅限于你爱慕的，或者是对其有性欲的女人的名字，对吧？"

"对，一点儿不错。随便是谁的名字都偷，这么胡作非为的事我是不会干的。"

"到目前为止，你大概偷了几个人的名字呢？"

猴子老老实实地掰着手指头数起来。一面数，一面含糊地小声嘟囔着什么。一会儿，它抬起头："一共七个。我偷了七个女人的名字。"

这个数字到底算多算少，我一时间也难以判断。我问猴子：

"名字这东西要怎么偷呢？方便的话，能告诉我偷名字的方法吗？"

"这个嘛，主要是用念力。也就是注意力，精神能量。但光是这些还不够，还需要记录着对方名字的实在的东西。身份证明是最理想的，譬如驾照、学生证、保险证、护照之类的。另外，像是姓名牌什么的也可以。反正必须拿到这种具象的东西，基本上都是用偷的。只能偷。好歹我也是猴子，趁对方不在家的时候潜入房间简直是小菜一碟。在屋里找一件写着对方名字的适当的东西，把它带走。"

"然后，你就用写着那个女人名字的东西和你的念力，偷走她的名字。"

"没错。我长时间盯着写在那里的名字，将意念集中于一点，把我思慕的人的名字完整地吸收到意识里。这需要大量的时间，也很消耗精神和身体的力量，不过只要心无旁骛，终归能成功。接下来，她的一部分就成了我的一部分。就这样，我无处安放的爱恋平安无事地得到了满足。"

"省略了肉体的行为？"

猴子用力点头："是的，我虽然是只猴子，但绝不做下三烂的事。将心爱的女人的名字据为己有——这就已经很足够了。这的确是性方面的恶事，但同时也是无限纯情的柏拉图式的行为。我只是独自恋着珍藏在心里的那个名字。我的爱无声无息，就像温柔的风，轻轻抚过草原。"

"唔——"我不无感动地说，"这在某种程度上，确实可以算是极致的爱恋了。"

"是的，这在某种程度上或许是极致的爱恋。但同时，也是极致的孤独。打个比方，这就像一枚硬币的正反两面，它们严丝合缝地贴在一起，永远也不分离。"

话到这里暂且告一段落，我和猴子沉默着喝了一会儿啤酒，吃了些柿种和鱿鱼丝。

"最近你有没有偷走什么人的名字呢？"我问。

猴子摇摇头，手指揪住胳膊上的硬毛，好像在重新确认自己到底是不是真的猴子。"没有，最近我没有偷任何人的名字。来到这个镇上后，我下定决心，和这恶行一刀两断。托您的福，这段时日，我这猴子的卑微灵魂获得了相应的安稳。我一面在心中珍重地守护着之前偷来的七个女人的名字，一面过着平静的生活。"

"这真是太好了。"我说。

"我有个逾矩的请求，能不能请您听一听我关于爱的拙见呢？"

"当然可以。"我说。

猴子用力眨了几次眼，长长的睫毛像被风吹动的棕榈叶一般上下掀动。接着，它缓缓地吸气吐气，就像跳远选手助跑前做深呼吸一样。

　　"我觉得，活在这世上，爱是我们不可或缺的燃料。爱也许终有尽头，也许结不出美好的果实，但就算爱会消逝，就算爱不能如愿，我们仍然可以怀揣着爱过某个人的记忆。这对我们自己来说，也是宝贵的热量之源。如果没有这热量之源，人的心——猴子的心也一样——将会变成酷寒的不毛之地。那片荒野上整日不见阳光，名为安宁的花草、名为希望的树木也无法生长。我就这样将自己爱慕过的七位美丽的女人的名字珍重地存放在心里（猴子说着，把手按在自己长满毛的胸口），将它们当作自己微薄的燃料。寒冷的夜晚，是它们一点点温暖我的周身，勉强维持了我余下的人生。"

　　猴子说到这里，又偷偷笑了，然后它轻轻摇了几次头。

　　"不过我这说法也是太奇怪了，简直是自相矛盾啊，竟然说'猴子的人生'。呵呵呵。"

　　我们将两大瓶啤酒全喝完的时候，已经十一点半了。"我得赶紧告辞了，"猴子说，"不知不觉心情就变得很好，聊得太尽兴了。实在不好意思。"

"没关系，你的故事很有意思。"我说。"故事很有意思"这句话可能用得不太合适。本来跟一只猴子边喝啤酒边聊天，就已经是十分不可思议的体验了。至于这猴子喜欢布鲁克纳，在性欲（或者是恋情）驱使下成功偷走女人的名字，更是无法用"很有意思"来形容，简直是荒谬绝伦。但为了不给猴子的情绪带来不必要的刺激，我尽可能地选择了温和的词。

临别之际，我递给猴子一张一千日元的钞票做小费："钱不多，用它买点好吃的吧。"

猴子一开始坚决推辞，我又劝了一次，它便顺从地收下了。它将钞票折起来，郑重其事地放进运动裤的口袋里。

"非常感谢！您愿意听我这只无聊的猴子的身世，请我喝啤酒，还待我这样亲切周到，我真是过意不去。"

接着，猴子用托盘装好空了的啤酒瓶和玻璃杯，捧着离开了。

第二天早上，我离开旅馆，径直回了东京。退房的时候没再见到猴子。账房里那个脑袋和眉头上寸草不生、多少让人不寒而栗的老人不在，那只上了年纪、鼻子不好的猫也不在。我对一个爱答不理的中年胖女人说，想付昨晚单点的啤酒钱，但她坚称我根本没有单点啤酒："我们家本来就只有自动贩售机里的罐装啤酒，不可能给你上瓶装啤酒的。"

我的意识又有些混乱，现实和非现实仿佛漫无边际、毫无章法地交换着位置。前一天晚上，我确实和猴子一起喝了两大瓶冰好的札幌啤酒，还听它说了自己的身世啊。

我一度想告诉中年女人猴子的事，最后还是作罢。说不定那只猴子并不实际存在，一切都是我泡温泉时大脑中浮现的妄想。又或者，不过是我做的一场逼真、奇妙而漫长的梦。这样一来，一旦我问出"您家旅馆是不是雇了一只会讲人话的老猴子"之类的话，气氛肯定会变得很古怪，搞不好我还会被当作疯子。也有可能是旅馆忌惮税务署啦保健所之类的机构，不愿意把雇猴子为员工的事在明面上摊开来讲（这个可能性很大）。

在回程的列车中，我从头开始逐一回想猴子告诉我的故事，并将它说的话尽可能全面地记在工作用的笔记本上，打算回到东京后，将整件事情的来龙去脉详细记录下来。

就算那只猴子是真实存在的——虽然我除此以外不做他想——我依然无法公正地判断出，它边喝啤酒边告诉我的那些事究竟有几分可信。它真的可以偷走女人的名字，将其据为己有吗？这是那只品川猴独有的天赋吗？谁又能断定那猴子没有说谎癖呢？当然，我没听说过猴子有得说谎癖的，但从理论上看，既然有猴子能自如地讲出人的语言，那么有得说谎癖的猴子也不足为奇。

不过，出于工作原因，我以前听过不少人讲各种类型的话，哪些话值得信任，哪些话难以令人信服，多半心里有数。只要聊的时间足够长，我基本能从说话人微妙的气场，或他（她）传递的繁杂信号中直截了当地得出结论。而我无论如何也不认为品川猴说的是假话。它的眼神、表情，不时陷入思考的模样、说话间片刻的停顿，以及各种动作和措辞方式等，每一样都极为自然，从中根本感受不到任何作假的成分。最重要的，是我愿意认同猴子的剖白中那份令人心痛的真诚。

轻松的独自旅行结束后，我回到东京，重新投入到大城市的繁忙生活中。明明没有接什么重要的工作，随着年岁增长，日子却不知为何愈发忙碌起来，时间的流逝越来越快。结果，品川猴的事我没和任何人讲起，也没有将它写出来。因为我觉得无论怎么讲都不会有人愿意相信，最后就是落一个"这人又开始编故事了"的埋怨罢了。没有将它写成文字，是我毫无头绪，根本不知道该用什么形式来写。这事过于古怪离奇，如果拿不出实际证据——也就是那只猴子本身——那谁也不会相信我写的是真的吧。但要是把它当成一个虚构作品，我又搞不清楚整个故事的重心和结论。还没动笔，就能想象编辑读完原稿后一脸困惑的模样。说不定会对我说："直接问您这样的问题不太合适，但是您这个故事的主题到底是什么呢？"

主题？主题这东西我压根儿找不到。不过就是一只会说人话的老猴子，来到群马县的一个小镇，在温泉旅馆给客人搓背。它爱喝冰啤酒，喜欢女人，还偷走了她们的名字。这样的故事，哪里会有什么主题或者启示呢？

就这样，不知不觉间，这件在那座温泉小镇发生的怪事从我心里渐渐淡去。多深刻的记忆，也抵不过时间的力量。

那之后过去了五年，如今，我以当时留在笔记本上的备忘为底本，写起品川猴的故事来，是因为前不久遭遇了一件让我介怀的小事。如果那件事没有发生，我大概就不会写这篇文字了。

那个下午，我约人在赤坂一家酒店的咖啡会客厅谈论公事。对方是一家旅游类杂志的女编辑，约莫三十岁，容貌姣好。小个子，长发，皮肤柔嫩，一双大眼睛十分迷人。她是位优秀的编辑，并且据说还是单身。之前我和她共事过几次，大概了解她的脾性。谈完公事，我们喝着咖啡，简单地闲聊了几句。

手机铃声响起，她有些顾虑地看我。我用手比画，示意她请便。她看了看对方的电话号码，然后接起来。来电好像是确认几项预约，餐厅的预约，住店的预约，飞机航班的预约之类。她看着手账讲了一会儿电话，然后有些为难地望着我。

"不好意思，"她用手捂住手机麦克风的位置，小声道，

"问您一个奇怪的问题：我叫什么名字来着？"

我立刻倒吸一口冷气，但不动声色地将名字告诉了她。她点点头，将名字报给电话那头。然后挂掉电话，向我道歉。

"真是非常抱歉！不知道为什么，刚才突然想不起自己的名字了，实在不好意思……"

"这样的事，经常发生吗？"我问。

她似乎有些犹豫，终究还是点了头："是的，最近经常发生这样的事。怎么也想不起自己的名字，就像得了健忘症似的。"

"还有其他想不起来的事吗？比如忘记自己的生日、电话号码、密码什么的？"

她果断地摇头："没有，这些情况都没有过。我的记性一直很好，朋友的生日全都能背下来，也从没突然忘记过谁的名字。可现在唯独常常忘记自己的名字，真是让人费解。过个两三分钟，记忆会慢慢恢复，可是那两三分钟的空白到底是件麻烦事，也常让我感到不安，怀疑自己是不是变成了别人。"

我默默点头。

"这不会是早老性痴呆的前兆之类的吧？"

我叹了口气："这个嘛，医学上的事我不是很懂，不过是从什么时候开始的呢，这种你突然想不起自己名字的症状？"

她眯起眼睛，思考了一会儿："大概是半年前开始的。因为我有印象，一次赏樱的时候突然想不起自己的名字了。那应该是最早的一次。"

"我问一个奇怪的问题，当时你有没有丢什么东西？能证明你身份的东西，比如驾照、护照、保险证之类的。"

她咬着小巧的嘴唇，沉思了一阵，然后说：

"有，说起来，当时我的驾照丢了。午休的时候，我在公园长椅上休息，手包就放在身边。后来我拿出化妆盒，想补一下口红，再往旁边一看，手包居然不见了。我百思不得其解。因为我的视线离开手包的时间就那么一会儿，那段时间里，没有感觉到任何人的气息，也没听见任何脚步声。我四处看了看，周围一个人影也没有。公园里也很安静，要是有人过来偷走手包，我肯定会察觉的。"

我一言不发，等她继续说下去。

"奇怪的事还不止如此。那天下午，警察很快就联系我，说我的包找到了。听说包被人放在公园附近的警察局门口，里面的东西几乎完好无损，现金、信用卡、提款卡、手机，全都原样未动地在里面。只有驾照不见了，只有这样东西被人从钱包里拿走了。警察局的人也很吃惊，说这怎么可能呢，不偷现金，只偷驾照，竟然还特意把包放到警察局门口。"

我悄悄叹了口气，还是什么也没说。

"当时应该是三月末，我立刻去鲛洲的驾照窗口办了新的驾照。那是一件让人摸不着头脑的怪事，不过幸运的是，也没造成什么实际的危害。鲛洲离我的公司很近，也没费多少工夫。"

"鲛洲是在品川区吧？"

"对，在东大井。我的公司在高轮，打车很快就到了。"她说完，忽然一脸讶异地望着我，"那个，我想不起来自己的名字，和驾照被人偷走有什么关系吗？"

我慌忙摇头。可不能在这时候告诉她品川猴的故事。不然，她一定会让我说出那只猴子的住处，没准还会直接去那家旅馆和猴子见面，严厉逼问它整件事的来龙去脉。

"不，没有关系。我就是忽然想到这里，问一下而已，因为都和名字有关。"我说。

她看着我，像是还没能接受我的解释。但我明知危险，还是忍不住问出一个更关键的问题："对了，你最近有没有在什么地方见过猴？"

"猴？"她说，"Monkey？"

"对。活生生的猴。"我说。

她摇头："没有，这几年我应该一直没见过猴子。无论是在动物园，还是其他地方，都没见过。"

品川猴又开始行动了吗？还是说，那是其他猴子模仿它干的坏事（Copymonkey[1]）？又或者是猴子以外的别的什么干的？

我不愿意相信这意味着品川猴重操"偷窃姓名"的旧业了。那只猴子曾经坦然地告诉我，心里存放七个女人的名字已经很足够了，它只想在群马县的小小温泉乡安宁地

---

[1] 从"模仿者、模仿犯"一词的英文"copycat"转化而来。

度过余生。我觉得那是它的真心话。可也没准儿那只猴子有某种精神上的沉疴，光凭理性无论如何也难以压制。也许是这种病，还有它的多巴胺强迫它的——"得了，还是干吧。"也许它真的再次回到品川，重拾了这一恶习。

说不定我有一天也会那样尝试一下——在不成眠的夜晚，我也曾不经意间有过这些不着边际的想法。说不定我也会设法弄到心爱的女人的身份证明或姓名牌，"心无旁骛"地把精神集中到一处，将她的名字吸收到自己体内，秘密地拥有她的一部分。那到底会是怎样的感受呢？不，这样的事根本不会发生。我的手本来就笨，光是悄悄偷走别人的东西，都无论如何也办不到。即便那东西是无形的，或者那偷窃不与法律相违背，也是一样。

极致的爱恋，与极致的孤独——从此以后，每当我听到布鲁克纳的交响曲，都会深深思量品川猴的"人生"。我会想起那只上了年纪的猴子，在那座小小温泉乡的寒酸旅馆，卷着一床薄被睡在阁楼房间的样子。想起自己曾和它并肩靠着墙壁，喝着啤酒，一起吃过的柿种和鱿鱼丝。

后来，我再也没见过那位旅游杂志的美女编辑。因此，眼下我并不清楚她的名字在那之后的命运。希望她没有什么大碍，因为她没有任何罪过和责任。尽管内疚，我仍然无法告诉她品川猴的故事。

第一人称单数

一人称単数

　　我平时几乎没有机会穿西装。一年里就算穿也不过两三回。之所以不穿西装，是因为几乎遇不到非穿成那样不可的场合。有时我也会视情况穿稍微正式些的外套，但不至于系领带，基本上也不会穿皮鞋。总之就结果而言，这就是我为自己选择的人生。

　　可是有时候，明明没有非穿不可的必要，我却会主动穿上西装，系好领带。这是为什么呢？打开衣橱，清点自己有什么样的衣服时（若不清点，慢慢就会忘记都有哪些衣服），看着那些买来后几乎没上过身的西装、原样套在洗衣店塑料包装里的正装衬衫，和连打过结的痕迹都没有的领带，不禁觉得对不住这些衣服，便将它们拿出来试穿。然后抱着看看自己还会不会系领带的念头，尝试几种领带系法，还会试着打出领带窝（Dimple）来。只有独自在家的时候我才会这样做。因为家里一有别人，我就得向他们大致解释自己这样做的理由。

而当整套行头穿戴完毕，我又会想：费了这么大劲穿上的西装，立刻脱掉也未免太无趣了，不如就穿着这身衣服去外面走一走。于是，西装革履的我独自走上了大街。那感觉还不坏，表情和走路姿势仿佛都和平时有了一点不同，给我一种脱离日常生活的新鲜感。可是，漫无目的地在大马路上溜达一小时左右，新鲜感便会慢慢减退。西装和领带令我疲惫，脖子周围也痒得慌，还有点儿喘不上气。穿皮鞋走在路上的声音又脆又响。回到家，我踢掉皮鞋，脱掉西装，松开领带，换上软塌塌的圆领卫衣和针织裤，倒在沙发上，享受舒缓和平静。这是一项仅耗费一小时左右的，无害的——起码不至于让我有罪恶感的——秘密仪式。

那天我独自在家，妻子出门去吃中国菜了。我一点儿中国菜也吃不了（好像对几种常用的中国菜调料过敏），所以她每次想吃中国菜，就约上关系亲密的女性朋友去吃。

我一个人吃过简单的晚饭，久违地听起琼尼·米切尔的老 LP，坐在读书专用的椅子上读推理小说。这张专辑我很爱听，小说也是我喜欢的作家的新作。但不知道为什么，我就是静不下心来，无论听音乐还是读书，精力都难以集中。要不看看之前录下来的电影吧，我想。可又没有什么想看的。偶尔就是会有这样的日子，尽管有自由的时间，打算做些喜欢的事，却想不到究竟该做什么好。明明有不少想做的事来着……我无所事事地在房间里转悠着，忽然心生一念：对了，要不穿穿西装吧。

我将几年前买的保罗·史密斯的深蓝色西装（当时是有需要才买的，但只穿了两次）摊在床上，为它搭配好领带和衬衫。浅灰色的宽领衬衫，配上在罗马机场免税店买的埃尔梅内吉尔多·杰尼亚的佩斯利纹细款领带。来到全身镜前，打量穿戴完毕的自己。还不错，至少明面上挑不出什么毛病。

可不知道为什么，那一天站在镜子前，我的情绪却有些异样，其中似乎暗含着一丝负疚。负疚？该怎么形容好

216

呢……也许和那些惯于给自己的履历添油加醋的人的罪恶感差不多。即使不和法律相悖，也是伦理道德上的欺诈。明知不该做这样的事，也清楚这么做不会有什么好结果，却还是忍不住做了——那种不好受的滋味正是如此而来的。容我擅自想象，瞒着大伙男扮女装的男人们，心里的感受也大抵如此。

不过，这想来也很不可思议。我迈入成年人的行列已久，每年都会申报税金，及时上交应缴的税额。迄今为止，除了违反交规没犯过别的法。算不上有十足的教养，但也说得过去，还凑巧知道巴托克和斯特拉文斯基谁先出生（知道的人一定不多）。如今穿在身上的衣服，也都是通过我每天合法的——至少不是非法的——劳动所得买来的。绝对没有任何会被人戳脊梁骨的把柄。既然如此，我又为了什么非要担负这种罪恶感，或说是伦理道德的违和感呢？

好吧，每个人都有这样的时候，我告诉自己。强哥·莱因哈特也有弹错和弦的夜晚，尼基·劳达 [1] 也有换错挡的

[1]　传奇赛车手。曾三度夺得一级方程式世界车手冠军。

午后（我猜可能有）。因此，我决定不再多想此事，依然穿着那套西装，蹬上黑色马臀皮鞋，独自走上街头。如果我当时听从直觉，老老实实待在家里看个电影或许更好，但这自然只是马后炮罢了。

那是一个让人心情舒畅的春日夜晚，一轮明亮的满月浮在空中，马路两旁的树木开始萌出绿色的嫩芽，正是适合散步的绝好时节。我漫无目的地在街上走了一会儿，决定去酒吧喝杯鸡尾酒。我没去附近那家熟络的店，而是多走了些路，进了一家之前从没去过的酒吧。如果是常去的那一家，相熟的调酒师一定会问我："今天是怎么了？西装革履的，很难得啊！"仔细向对方说明原因实在是太麻烦了（何况本就没什么原因）。

夜晚才刚刚开始，这家位于大楼地下的酒吧还没什么人，只有两位四十岁左右的男客在卡座区坐着。看样子像是刚下班的上班族，穿深色西服，领带也并不出挑。两人凑在一起，正小声说着些什么，桌上放着文件一类的东西。可能是在谈公务，也可能只是在预测赛马的结果。但无论是什么，都与我无关。我在离他们有一段距离的吧台边，尽可能选了一个光照充足的位置坐下（为了看书），向一位系着领结的中年调酒师点了一杯伏特加吉姆雷特。

少顷，一杯冰凉的饮品放在我眼前的纸质杯垫上，我从口袋里取出推理小说，沿之前停下的位置继续往下读。到结尾还有大概三分之一。前面说过，这是我还蛮喜欢的作家的新作，遗憾的是，这次的故事情节不太吸引我。而且读着读着，我就搞不清楚人物之间的关系了。尽管如此，我还是将这小说读了下去，一半是义务性的，一半是习惯使然。我一向是这样，一旦开始读一本书，就不愿意半途而废，想着也许到最后关头会突然有意思起来呢——尽管这种情况实际发生的概率非常低。

我慢慢啜着伏特加吉姆雷特，又往下读了二十页左右。奇怪的是，在这里和在自己家一样，都难以集中精神读书。并且似乎不仅仅是小说不太有趣的缘故，也不是酒吧的氛围让人平静不下来（这里没有多余的音乐，光线合适，从读书环境上来说无可挑剔）。这可能和我早先就感受到的那种说不清道不明的违和感有关。我能意识到一种微妙的

偏差，好像此刻我的灵魂和它的载体不相契合；或是它们
原有的契合在某个时间点被打破了一样。这样的事时有
发生。

吧台对面的墙上，有一个摆着各式酒瓶的架子。架子
背后是一面大镜子，正映着我的身影。我凝视着那影像，
镜中的我自然也回眸凝望着现实中的我。此时，一种感
受忽然击中了我——也许我在某一时刻选错了人生的路。
当我凝视镜中穿西装打领带的自己时，这种感觉愈发强
烈。我越看越觉得那不是我，而是一个没见过的旁人。可
是，镜中映出的人——如果那不是我本人的话——究竟是
谁呢？

迄今为止，我的人生有几个重要的分水岭——恐怕大
部分人的人生都是如此。向左或向右，往哪边都可以走。
面对这样的时刻，我有时选左，有时选右（有时存在让我
坚定地选择某一边的理由，但没有十足理由的时候可能更
多。并且也不总是我来选择，还有几次是对方选择的我），
然后才有了如今的我。就这样，第一人称单数的我实实在
在地出现在这里。要是我在其中任何一处选择了不同的方

向，也许就没有今天的我了。但是，这面镜子里映出的人
究竟是谁呢？

我暂且合上书，将视线从镜子上移开，接着做了几个
深呼吸。

回过神时，店里的客人已经多了起来。一个女人隔着
两个空位坐在我右手边，喝一杯我不知道名字的浅绿色鸡
尾酒。她似乎没有同伴，也可能正在等熟人。我假装看书，
暗中观察镜子里的她。她并不年轻，五十岁上下。并且据
我观察，她几乎没下任何工夫让自己看上去比实际年轻，
恐怕对自己有相当的信心。她身材娇小，体格苗条，一头
短发修剪得恰到好处。穿着相当时尚，条纹连衣裙看上去
质地柔软，外面套着一件米白色的羊绒针织开衫。虽然相
貌并非格外出众，但有一抹完美收官的从容氤氲其中。她
年轻时一定是位招眼的女子，想必有许多男人向她套过近
乎。从她若无其事的举止之间，我能感到这些往事的气息。

我叫来调酒师，点了第二杯伏特加吉姆雷特，嚼了几
颗腰果小食，又开始读书。手不时放在领带结上，确认它

是否系得完好如初。

　　大概十五分钟后，她坐到我旁边的凳子上。吧台的座位越来越挤，好像是新来的客人涌进来了，于是她挪到我这边。看来她没有同伴。我在筒灯下将书读到只剩最后几页，故事的走向依旧无趣。

　　"不好意思——"她突然向我打招呼。

　　我抬起脸看着她。

　　"我看你在很专注地看书，可否容我打搅片刻？"女人身材娇小，嗓音却意外地低沉粗重。虽然不至于冷若冰霜，但至少从中听不出一丁点儿善意，也感受不到一丝魅惑。

　　"好啊。反正这书也没什么意思。"我把书签夹好，合上书。

　　"干这种事，好玩吗？"她问。

　　我不太理解她到底想说什么，于是把身体扭向侧面，看着她的正脸。我对这张脸没有印象。我固然不擅长记住别人的长相，但有相当的把握确信自己之前没有见过这女子。如果曾经见过，我一定会有印象。她就是那类会让人记住的女人。

"这种事？"我反问。

"打扮得仪表堂堂，独自坐在酒吧的吧台上，喝着吉姆雷特，沉默地埋头读书。"

我依然无法理解她到底想说什么，唯一能够感知的是，她的话中多少带有恶意，或者是类似敌对意识的东西。我看着她的脸，默不作声地等着她接下来的话。她脸上的表情少得出奇，仿佛打定主意不让对方——也就是我——看穿她此时任何的情绪。她也定定地沉默了许久。我想有一分多钟。

"伏特加吉姆雷特。"我打破沉默。

"你说什么？"

"不是吉姆雷特，而是伏特加吉姆雷特。"也许这话说了也是白说，但这两种酒之间有绝对的区别。[1]

她干练地轻轻摇头，像要赶走飞到眼前捣乱的小虫。

"管它是什么呢，你觉得这样很帅？显得你时尚又

---

[1]　吉姆雷特多以金酒为基酒调制。伏特加吉姆雷特则是以伏特加替换了原本配料中的金酒。伏特加相比金酒少了一些复杂的香气，更接近酒精原本的味道。

机灵？"

也许我应该直接结账，尽快离开这里。我很清楚，这是处理眼下这种状况的最佳方式。这个女人因为某种缘由在无理取闹，多半是在向我挑衅。我不明白她为什么非这样做不可。可能只是单纯心情不好，或者是我身上特定的某个地方戳到了她敏感的神经，让她烦躁。但无论怎样，和这样一个人扯上关系，最后皆大欢喜的可能性无限接近于零。说一句"失陪"，微笑着离席（微笑并不是必选项），迅速结完账，有多远躲多远——这才是最聪明的做法。况且当时没有任何理由阻止我这样做。我本就不争强好胜，不喜欢在非原则问题上争论。相比之下，倒是更擅长沉默寡言的撤退战。

可这一次，我却不知为何没有这样做。有某种东西阻止了我，那大概就是所谓的好奇心。

"不好意思，请问我们认识吗？"我下定决心，向她发问。

她一下子眯起眼来看我，仿佛我脸上有什么不可思议的东西，眼角的皱纹深了几分。"认识吗？"她说着将自己那只鸡尾酒杯拿到手里（在我印象中那可能是她的第三杯），啜了一口杯中成分不明的液体，继续问："认识吗？这算什么话？"

我再次搜寻自己的记忆。我在什么地方见过这个女人吗？答案依然是否定的。就算想破脑袋，今天都毫无疑问是我和她的第一次见面。

"你是不是把我认成其他人了？"我说。可是我的嗓音不可思议地干涩，语调难分高低，竟不像是自己发出来的。

她冷冷地轻笑道："你肯定特希望是这样吧？"继而将巴卡拉的薄鸡尾酒杯放在面前的杯垫上。

"这件西装不错嘛，"她说，"虽然不适合你，就像借别人的衣服来穿似的。领带配那西装也差点意思，它们俩有点互相看不顺眼。领带是意大利品牌，西装估计是英系的吧。"

"你对西装挺在行啊。"

"对西装挺在行？"她似乎有些吃惊，微张开嘴，再次目不转睛地盯起我，"说到这份儿上了你还装傻？这不是理所应当的吗？"

理所应当？

我试着在脑海中搜索服装行业的人。我认识的做服装的人只有几个，而且都是男人。她这句话怎么想也不合逻辑。

为什么那是理所应当的？

我起初想告诉她自己今晚穿西装打领带的原因，可后来又改变了主意。因为即使我向她解释了这一切，她对我的攻击性大概也不会减弱，恐怕反而是在愤怒的火焰（或和它相近的东西）上浇油。

我将杯中剩下的一点伏特加吉姆雷特喝完，安静地下了吧台凳。不管怎样，这是结束对话的好时候。

"我想你大概不认识我。"她说。

我默默点头。对，这是当然的。

"不直接认识。"她说，"我们以前只在某个地方见过一次面，但没有深聊，所以你可能不认识我。而且那时候你好像忙于其他事，分身乏术——一如既往的。"

一如既往的？

"不过，我是你朋友的朋友。"女人继续说着，声音平静却干脆，"你那位亲近的朋友，或者应该说，曾经亲近

的朋友，现在对你很反感，我也和她一样反感你。你肯定
心里有数。仔细想想，三年前，在一处水边发生的事。想
想你自己做得多过分，多让人讨厌。简直没脸没皮！"

够了。我几乎是条件反射地抓起只剩几页就读完的书，
塞进外套口袋。尽管我早已不想把它读完了。

我迅速用现金结账，离开酒吧。女人什么也没有再说，
只是目不转睛地看着我离开。我一次也没有回头，但背后
一直能感受到她炽烈的目光，仿佛一根又细又长的针，穿
透保罗·史密斯西装的高档面料，在我背后留下深深的
伤痕。

我一面沿狭窄的台阶往地面走，一面试图稍事整理
思绪。

我刚才应该当面反驳她些什么吗？应该要她解释清楚
这到底是怎么一回事吗？毕竟在我看来，她的那些谴责实
在有失公允，令人毫无头绪。

可不知为何，我没能这样做。为什么呢？也许是我害
怕吧。害怕看清楚那个不是自己的自己，究竟曾在三年前，

在"一处水边",对某个女人——多半是我不认识的某个人——做过怎样令人讨厌的事。我身体里的某些有别于自我的东西,恐怕也会被她拽到看得见的明面上来。与其承受这些,我甘愿选择一言不发地从吧台凳上下来,顶着莫名其妙的(我只能这样以为)严厉责难,从那里离开。

我这样做合适吗?如果同样的事情再发生一次,我还会做出相同的选择吗?

不过,"水边"到底是指的哪儿呢?这个词读来有一种奇妙的余韵。它究竟指的是海,是湖,是河,还是更为特殊的水的集合体?三年前,我曾经在哪个称得上水边的地方待过吗?记忆无从探寻。就连三年前指的究竟是什么时候,我都没有确切的把握。她的话都很具体,同时又极为抽象。一字一句都令人印象深刻,同时又失焦而模糊。这种割裂感以一种奇妙的角度绷紧了我的神经。

总之,有种口感令人厌恶至极的东西留在了我嘴里。想咽却怎么也咽不下去,想吐也怎么都吐不出来。可以的话,我只想单纯地愤怒一下——凭什么让我遭遇这般荒唐和郁闷?并且她对我的态度怎么也不能算是公平。不管怎么说，直到她和我打招呼之前，今夜都是令人心情极为舒畅的、岁月静好的春宵。但奇怪的是，我并不感到愤怒。迷茫与困惑的浪潮将一切其他的情感和思绪冲刷得不知所终——至少暂时如此。

我爬完台阶来到建筑物外面的时候，季节已经不是春天了。天空中的月亮也已消失，眼前不再是往日那条我熟悉的街道。两旁的树木也很陌生，每棵树的树干上都装饰着活生生、滑腻腻的大蛇，它们稳稳地缠在树上，蠢蠢欲动。耳边传来大蛇鳞片摩擦出的咔嚓声。人行道上的灰堆到脚踝，白花花的。路上的男人和女人全都没有脸，嘴巴里面直接哈出硫黄色的气体来。空气像冻住了似的，冷到彻骨。我竖起了西装上衣的领子。

"简直没脸没皮！"那个女人说。

初次发表

在石枕上
《文学界》二〇一八年七月号

奶油
《文学界》二〇一八年七月号

查理·帕克演奏波萨诺瓦
《文学界》二〇一八年七月号

和披头士一起 With the Beatles
《文学界》二〇一九年八月号

《养乐多燕子队诗集》
《文学界》二〇一九年八月号

狂欢节 Carnaval
《文学界》二〇一九年十二月号

品川猴的告白
《文学界》二〇二〇年二月号

第一人称单数
新作

更 好 的 阅 读

文治
磨铁图书旗下子品牌

出 品 人　沈浩波

出版监制　魏　玲　潘　良　于　北

策划编辑　烨　伊　单元皓

特约编辑　叶　青

版权支持　冷　婷　郎彤童

营销支持　金　颖　黄筱萌

封面设计　沐希设计　焦　羔　魏　魏

版式设计　山川制本 workshop

关注我们

官方微博：@文治图书

官方豆瓣：文治图书

联系我们：wenzhibooks@xiron.net.cn

图书再版编目（CIP）数据

第一人称单数 / （日）村上春树著；烨伊译 .-- 广
州；花城出版社，2021.11（2022.3 重印）
ISBN 978-7-5360-9485-7

Ⅰ . ①第… Ⅱ . ①村… ②烨… Ⅲ . ①短篇小说—小
说集—日本—现代 Ⅳ . ① I313.45

中国版本图书馆 CIP 数据核字（2021）第 171847 号

合同版权登记号：图字 19-2021-178 号
ICHININSHO TANSU
by Haruki Murakami
Copyright © 2020 Harukimurakami Archival Labyrinth
All rights reserved.
Originally published in Japan by Bungeishunju Ltd.
Chinese (in simplified character only) translation rights arranged with
Haruki Murakami, Japan
through THE SAKAI AGENCY and BARDON CHINESE CREATIVE AGENCY
LIMITED.

出 版 人：张　懿
责任编辑：陈诗泳　欧阳佳子
特约监制：魏　玲　潘　良　于　北
特约策划：烨　伊　单元皓
技术编辑：薛伟民　林佳莹
封面、扉页图片：丰田彻也
封面设计：沐希设计　焦　羔　魏　魏
内文设计：山川制本 workshop

书　名	第一人称单数	
	DIYI RENCHENG DANSHU	
出版发行	花城出版社	
	（广州市环市东路水荫路 11 号）	
经　销	全国新华书店	
印　刷	北京盛通印刷股份有限公司	
	（北京市北京经济技术开发区经海三路 18 号）	
开　本	840 毫米 ×1194 毫米　32 开	
印　张	7.5　2 插页	
字　数	108,000 字	
版　次	2021 年 11 月第 1 版　2022 年 3 月第 6 次印刷	
定　价	56.00 元	

本书中文专有出版权归花城出版社独家所有，非经本社同意不得连载、摘编或复制。
如发现印装质量问题，请直接与印刷厂联系调换。
购书热线：020-37604658　37602954
欢迎登录花城出版社网站：http://www.fcph.com.cn